Hoffentlich nie!

A. Berti

Hoffentlich nie!
Tagebuch einer Katastrophe

ROMAN

Bibliografische Information der Deutschen Bibliothek:
Die Deutsche Bibliothek verzeichnet diese Publikation
in der Deutschen Nationalbibliografie;
detaillierte Daten sind im Internet über
<http: // dnb.ddb.de> abrufbar.

© 2008 A. Berti
Satz, Umschlagdesign, Herstellung und Verlag:
Books on Demand GmbH, Norderstedt
Herausgeber: P.M. Magazin – GRUNER + JAHR AG & CO KG, Druck- und
Verlagshaus, Verlagsgruppe München
ISBN: 978-3-8334-7476-7

Einleitung

Ich sitze in meinem Wintergarten und schaue auf die hinter einem niedrigen Zaun befindliche um diese Jahreszeit herrlich blühende naturbelassene große Wiese. Dieses Bild ist einmalig und gibt innere Kraft und Ruhe.

Etwa in eintausend Metern Seehöhe erwacht hier alles um gut zwei Wochen später zum Leben, sogar die Temperatur ist in diesem Tal das ganze Jahr um einige Grade niedriger als in der vergleichsweise nahen Landeshauptstadt.

Zum Verständnis der örtlichen Gegebenheiten – die nachfolgende Erzählung spielt sich hauptsächlich in einer veränderten, heute aber so aussehenden Landschaft ab – beginne ich mit der Schilderung bei einem etwa zwei Kilometer hinter dem jetzigen Standort befindlichen See. Wie ein Pfropfen wirkt dieses Wasser bei dem hier anfangenden Tal mit einer Breite von gut einem Kilometer, das auf der rechten Seite bei dem See felsig auf 1800 Meter steigt und auf der linken Seite ebenfalls ungefähr auf dieselbe Höhe mit dichtem Mischwald bewachsen relativ steil nach oben führt. Eine Straße windet sich links am Berghang – je nachdem, von welcher Seite aus betrachtet – etwas höher am Ufer entlang durch den Wald und ist der einzige Zugang zu einem kleinen Ort am Ende des Tales, ungefähr sechs Kilometer weiter vorne.

Nach hinten, von der Gemeinde ausgehend, bei dem aufgestauten Nass vorbei, wird die Landschaft hügeliger und ist nicht mehr von Gebirgen eingegrenzt. Typisch für das Alpenvorland.

Außerdem befindet sich auf dieser Seite noch ein größerer Markt mit entsprechender Infrastruktur. Aus der Stadt kommend, hat man beim Vorbeifahren ab hier immer wieder das Gefühl, auf Urlaub zu sein. Ausgesprochen angenehm.

Wenn man der Straße jetzt in Richtung der kleinen Ortschaft am Talende folgt, kommen rechts in Uferhöhe zwei Häuser mit einem großen Badeplatz im Sommer und gleich danach eine Brücke mit dem einzigen Zufluss unterbei ins Bild. Dieser Bach besteht eigentlich nur aus einem Schotterbett, er führt bei starkem Regen Wasser, sonst – unter normalen Bedingungen – versiegt das Gerinne bereits in Höhe der Ortschaft und speist den See ab da unterirdisch.

Die nächsten zwei Kilometer bis zu der herrlich blühenden Wiese ist links und rechts Wald mit einigen kleinen Forstwegabzweigungen von der Straße weg, aber sonst keinerlei Bebauung. Erst nach einer sanften Steigung kommen rechts am Berghang, halb im Wald versteckt, ein Landgasthaus, links ein Bauernhof mit Platz für Kühe im Freien und danach eine aus neuerer Zeit stammende Reihenhaussiedlung zu je vier Einheiten dem Vorbeifahrenden ins Blickfeld.

Hier sitzt der Ich-Erzähler in seinem Wintergarten und genießt den Ausblick auf einen markanten Felsvorsprung am Ende des Tales und auf die schöne Wiese.

Dieser Ich-Erzähler und alle anderen Akteure sind frei erfunden und alle Ähnlichkeiten mit lebenden Personen Zufall. Auch gibt es die erwähnte Siedlung nicht in dieser Form, sie dient lediglich als Basis beziehungsweise als Mittelpunkt für die folgende Erzählung.

Die nächsten vier Kilometer bis zu dem Ort sind wiederum nur Wald, ab und zu von kleinen freien Flächen unterbrochen, ein Sessellift, nur im Winter betrieben, ist rechterhand und dann am Ende des Tales eben die kleine Gemeinde, ein paar Häuser, eine Kirche, ein Wirtshaus, sehr idyllisch das Ganze und angenehm altmodisch. So weit die Umgebung.

Nun die Handlung vor der Handlung: Man nimmt an, dass in den Jahrmillionen der Erdentwicklung diese öfter von Gesteinsbrocken aus dem Weltraum getroffen wurde. Fünf, sechs große Einschläge glaubt man zu wissen, jedes Mal mit verheerenden Folgen für die zu dieser Zeit vorherrschenden

Lebensformen. Die letzte wirklich große Katastrophe fällt mit dem Aussterben der Saurier zusammen und der mögliche Einschlagsort ist im Golf von Mexiko lokalisiert. Kleinere Treffer sind hier gar nicht erwähnt. In den paar Minuten, die die Menschheit im Vergleich zur ganzen Erdentstehung eigentlich erst vorhanden ist, sind noch keine derartigen Erfahrungen aufgetreten.

Beinahe täglich werden neue Materiebrocken in unserem Sonnen- und Planetensystem lokalisiert, ihre Bahnen berechnet und vorgemerkt. Einige kamen in vergangenen Jahren bedenklich nahe, mit und ohne Schweif, aus Eis oder Stein, lose und dicht und so fort. Einige wurden untersucht mit vor Ort gebrachten Sonden und sogar eine Landung mit entsprechenden Messergebnissen gelang auf einem Gesteinsbrocken. Die Wissenschaft glaubt, alles im Griff zu haben, und so schnell würde keine Gefahr drohen. Alle Eventualitäten seien voraussehbar und man habe alles im Griff.

Eine irrige Meinung, denn nun kommt eine Spekulation ins Spiel, die die Grundlage zu diesem Roman ist und deren Ereignis sich so durchaus darstellen könnte.

Einer dieser genau erfassten Kometen, ein großes Stück mit einem Durchmesser von mehreren hundert Metern, ist beinahe an seiner Bahn angelangt, auf der er der Erde am nächsten kommt. Ununterbrochen verfolgt und angepeilt, ist sein Lauf vorgegeben und wird auch nur ab und zu in den Medien erwähnt. Routine, nicht besonders interessant.

Ein kleinerer Gesteinsbrocken, ebenfalls bekannt, aber als völlig ungefährlich eingestuft und nicht verfolgt, ist aber zufällig mit höherer Geschwindigkeit an derselben Stelle und trifft unseren langsam dahintrudelnden Fremdkörper.

Wie bei einem gezielten Stoß mit einer Billardkugel wird die getroffene Masse abgelenkt und ist plötzlich mit der vorausberechneten Erdbahn auf Kollisionskurs.

Es sei alles nur Eis, ist die Meinung der Wissenschaft, es würde alles schmelzen beim Eintritt in die Atmosphäre, alles sei halb so schlimm.

So und ähnlich lauten die Meldungen in der Presse und den unzähligen Medien in den letzten Tagen, ein fantastisches Bild, von der Sonne beschienen, mit einem abschmelzenden Schweif auf seiner Bahn, von allen möglichen Fernrohren verfolgt und auf Millionen Fernsehern zu Hause gesehen.

Alles nicht so schlimm.

Leider ist unter der noch vorhandenen Eisschicht ein extrem harter Kern, entstanden durch enorme Hitze bei wahrscheinlich vielfach stattgefunden habenden Zusammenstößen mit anderen Kontrahenten in der Vergangenheit des Kometen. Irgendwie kam die Wasserschicht auf den Brocken und nun ist dieses Trojanische Pferd unterwegs, um Unheil anzurichten …

24 Stunden vor dem Einschlag.

„Die ganze Zeit, die wir jetzt schon unterwegs sind, hört man nur diese Kometengeschichte im Radio." Ich sage dies zu meiner Frau neben mir im Auto, die nur stumm mit dem Kopf nickt. Mit Namen Melanie, ist sie eine von den ewig jung bleibenden Geschöpfen, ihre 47 Jahre scheinen spurlos vorübergegangen zu sein. Für mich wirkt dieses weibliche Wesen immer noch wie vor 25 Jahren bei unserer Hochzeit. Halblange blonde Haare, oft zu einem Schwanz zusammengebunden, blaue Augen in einem schön geschnittenen Gesicht, die Figur zwar ein bisschen stärker als früher, aber immer noch schlank. Diese Frau ist einfach eine Bombe.

Besonders wenn ich den Spitznamen *Mel* verwende – klingt wie *Mehl* oder *Mail* –, wird sie eine solche. Ihr ist diese Abkürzung ein Dorn im Auge. *Hasi* oder *Schatzi* wird anstandslos akzeptiert.

Von mir übrigens auch.

Ich daneben, mit Namen Erich, bin um fünf Jahre älter als sie, schon langsam grau werdend, aber mit noch immer sportlicher Figur, eher schlank zu nennen. Auch kommt mir zugute, meine Lieblingsbekleidung – Jeans mit dazu passenden Hemden oder Pullovern – macht optisch jünger.

Wir sind jetzt noch ungefähr drei Minuten von zu Hause entfernt und genießen beim Vorbeifahren den zu jeder Jahreszeit herrlichen Blick auf unseren vor der Tür liegenden See.

„Ich habe ein ungutes Gefühl, auch wenn die Berichte alles verharmlosen", antwortet meine Frau jetzt doch nach einigem Zögern.

„Ich nicht. Man kann denen schon glauben. Das Eis wird schmelzen", meine ich und schalte das Radio aus. „Wir hören heute sowieso noch von allen möglichen Leuten verschiedene Standpunkte."

Es ist wieder einmal ein Treffen mit sämtlichen Nachbarn arrangiert. Mit dem Bürgermeister unserer Gemeinde soll über einen Sickerschacht verhandelt werden. Bei stärkerem Regen und kaltem Wetter kam es immer wieder zu Überschwemmungen auf der Wiese vor unseren Häusern und das muss beseitigt werden. Vor gut dreißig Minuten haben wir daher, heute etwas früher als sonst, unseren Souvenirladen in der nahen Stadt verlassen und uns auf den Weg hierher gemacht. Wie sich schon öfter bei verschiedenen Zusammenkünften zeigte, braucht man eine gute Unterlage, um den Abend problemloser zu überstehen. Es ist ein trinkfestes Völkchen hier eingezogen. Durchweg jüngere Pärchen, zum Teil mit Kindern, die die ländliche Gegend schätzen, haben dieses Eigentum gekauft und in den sechs Jahren, die wir nun hier wohnen, fanden schon einige lustige Partys statt. Daher die frühere Anreise, um noch etwas zu essen.

Kurz vor der Einfahrt zur Siedlung läutet in der Tasche meiner Frau ihr Handy und ich bekomme mit, dass sich außer Plan unsere Tochter am Abend ankündigt.

„Auch sie meint, ein komisches Gefühl wegen morgen zu haben, und möchte lieber bei uns übernachten. Eigenartig."

„Und was ist mit der Schule?", frage ich auf ihre kurze Erklärung, mit einem Auge auf der Straße, um die enge Zufahrt zu den Häusern mit der richtigen Geschwindigkeit zu befahren.

„Morgen sind keine Lesungen."

Ihre Antwort wird von einem scharfen Abbremsen meinerseits unterbrochen, denn Andy Berger versperrt mir mit ausgebreiteten Armen die Weiterfahrt. Lachend deutet der durch mein geöffnetes Autofenster auf seine Eingangstüre unter dem überdachten Autoabstellplatz und meint: „Gut, dass ihr schon da seid! Ich bin heute auch schon früher daheim. Schau, dort! Die Radler (Bier mit Limo) warten auf dich."

Dieser Andy Berger, ein junger knapp dreißig Jahre alter Mann, von Beruf selbstständiger Gartengestalter, ist einer der lustigsten Bewohner der Siedlung. Wenn irgendwo etwas zu feiern ist, er ist immer dabei, sein Lachen ist ansteckend. Schlank, von eher kleinerer Statur, die braunen Haare kurz geschnitten, sein Gesicht wird von einem Bart umrahmt, der irgendwie zu seinem Beruf passt. Ein kleiner Ohrring rundet die ganze Erscheinung in kecker Weise ab und gibt eine besondere Note. Seine besondere Begabung, eine Hand für Pflanzen zu haben, merkt man an der abgrenzenden Buschgestaltung zum Nachbarhaus und an dem liebevoll arrangierten Steingarten vor seinem Hauseingang. Für den Teicheinbau vor unserem Wintergarten war er auch zuständig, seitdem sind wir mit ihm und seiner Frau gut befreundet.

Mit Namen Michaela, meistens *Michi* genannt, passt diese in der Größe genau zu ihm. Sie ist mit einem trockenen Humor oft überraschend witzig, aber ansonsten eher zurückhaltend in ihren Äußerungen. Wir wissen jedoch, dass Michi die treibende Kraft in dem kleinen Firmenimperium ist und ihren Mann ganz schön auf Trab hält. Gleich alt wie Andy, hat ihre Figur durch zwei Kinder, Mädchen, die jetzt sieben und etwas mehr als acht Jahre auf der Welt sind, ein bisschen gelitten. Von Bildern aus der Zeit vor den Geburten ist sie uns als jugendlich wirkender Teenager bekannt. Eigentlich logisch, wenn man die Jahre zurückrechnet. Die großen wie schwarze Knöpfe wirkenden Augen sind das Auffallendste in ihrem Gesicht, das von kurzen brünetten Haaren umrahmt ist und immer ein Lächeln zeigt.

„He, Andy", meldet sich meine Frau zu Wort. „Ist Michaela irgendwo?"

„Servus! Sie ist drinnen. Ihr werdet doch wohl gleich rüberkommen", antwortet der Angesprochene und gibt meiner besseren Hälfte durch das geöffnete Fenster die Hand. „Übrigens, mein Nachbar ist auf Urlaub und wie ich gehört habe, ist deiner auch nicht vorhanden. Es werden nicht so viele da sein heute Abend", meint er noch, wieder an mich gerichtet.

„Ich habe von meinem Nachbarn die Erklärung, mit allem einverstanden zu sein. Sie sind tatsächlich drei Tage nicht da. Wenn deine andere Seite auch nicht bewohnt ist, sind wir die Einzigen von unserer Abteilung. Aber die anderen Häuser sind ja auch noch da. Wir werden nicht alleine sein", antworte ich mit lauterer Stimme, die Leerlaufgeräusche des Motors übertönend.

„Ich hätte mich mit dir alleine nicht gefürchtet", erwidert Andy lächelnd und fährt fort: „Der Bürgermeister muss Federn lassen, der Sickerschacht ist Sache der Gemeinde. Aber, was plaudern wir da auf der Straße? Kommt rüber!"

„Zuerst essen wir eine Kleinigkeit. Ich kenne diese Zusammenkünfte. Bis gleich!", antworte ich, mit der Hand einen Gruß deutend, und lasse das Auto ohne Gang, mit Hilfe der leicht abschüssigen Zufahrt bei den zwei weiteren Häusern vorbei, bis zu unserem verlängerten Carport rollen.

Beim Aussteigen und nach dem Zuschlagen der Autotüren ich will gerade hinter dem Fahrzeug zu meiner Frau gehen, da hören wir von unserem linken Nachbargrund, von Büschen verdeckt, die dunkle Stimme Karls ächzen: „Hallo, ihr zwei! Auch schon da?" Die Pflanzenkronen rascheln und aus gebückter Haltung erhebt sich Karl Hester mit einem Gartengerät in der Hand stöhnend vom Boden. Mit knapp vierzig Jahren gehört er neben uns zu den Älteren der hier Ansässigen. Von eher kräftiger Gestalt, ist Karl jetzt ungefähr drei Jahre unser Nachbar. Roswitha, seine Partnerin, die anfangs alleine hier lebte, ist durch ihn regelrecht aufgeblüht. Von Beruf ist er Tischler. Seine fast als Pranken zu bezeichnenden Hände zeugen vom Zupacken und dieses Zupacken, neben der von ihm gelebten unkomplizierten Art, haben ihn in der ganzen Siedlung beliebt gemacht. Überall, wo etwas zu reparieren ist, findet man diesen Mann beim Helfen und als guten Ideengeber. An sein Markenzeichen – eine in jungen Jahren unterlassene Augenkorrektur hat einen leicht schielenden Blick nicht behoben – haben sich alle schnell gewöhnt und die falsche Augenstellung wird eigentlich gar nicht mehr wahrgenommen.

„Was treibst du mit deinen Büschen?", antworte ich schmunzelnd und bewege mich zum Zaun, um ihm die Hand zu geben.

Meine Frau, die schon bei der Eingangstüre steht, gibt ebenfalls ein „Hallo, Karl!" und danach: „Schatz, ich gehe schon hinein. Du wirst wahrscheinlich noch einige Zeit brauchen!" von sich und verschwindet im Haus.

Lachend begrüßt mich Karl und meint: „Diese Frauen! Immer das Gleiche. Wir werden einige Zeit brauchen … Wer wohl länger beim Ratschen steht!" Mit schmollend verzogenem Mund fährt er fort: „Ich schneide abgestorbene Zweige heraus. War heute den ganzen Tag hier, weil so schönes Wetter ist. Übrigens, von 10 Uhr Vormittag bis ungefähr 15 Uhr war dieser unheimliche Komet ständig als leuchtender Punkt, trotz der Sonne, zu sehen. Ich sage dir, schön und doch schaurig."

„Und Roswitha?", frage ich ablenkend.

„Die ist heute Nachmittag mit Gisela zeitgleich im Supermarkt arbeiten. In der letzten Zeit war das ein paar Mal so eingeteilt. Sie können beide dann mit einem Auto nach Hause kommen."

„Ach so."

„Was meinst du zu diesem Kometen?" Karl bleibt beim vorherigen Thema und deutet mit seiner Hand über den Bergrand. „Bis ungefähr 15 Uhr. Dann verschwand er dort rüber."

Ich räuspere mich und meine: „Ist klar, dass man ihn sieht. Er ist nach den Berichten ja ungefähr 800 Meter breit und fast genau so dick. Ein ganz schöner Brocken also. Gut, dass das alles Wasser ist, was da auf uns zukommt. Sonst würde ich heute nicht mehr auf die Versammlung gehen."

„Wieso?"

„Na, was glaubst du, was passiert, wenn Steine auf uns niederprasseln? Erinnere dich an die schönen Filme im Fernsehen!"

„Male den Teufel nicht an die Wand!", sagt Karl nachdenklich und verdreht seine Augen dabei so stark, dass sein Schielen in diesem Fall extrem zur Geltung kommt und, nicht spöttisch gemeint, beinahe lustig wirkt.

Ich muss lachen, drehe mich um und antworte bereits im Weggehen: „Ich verschwinde jetzt! Wir sehen uns nachher."

Im Haus rufe ich von der Garderobe aus meiner Frau zu, die in der Küche sein muss, klappernde Geräusche von Tellern und das dumpfe Zuschlagen der Kühlschranktür zeugen von ihrer Anwesenheit in diesem Raum: „Schatz, ich bin im Wintergarten!"

Ich schlendere durch unser Wohnzimmer, an der Sitzgruppe mit dem niedrigen Tisch und dem alten Vitrinenkasten vorbei, zu unserem Lieblingsplatz im überdachten Freien. Vier Sessel aus Rattan, ein runder Tisch und ein kleines Schubladenregal aus demselben Material sind neben einem großen Sofa das Inventar dieses Glaskäfigs. Die über und über mit Polster bestückte Sitz-

oder Liegefläche übt eine magische Anziehungskraft aus. Wenn frei, wird erwähnter Platz zum Niederlassen ausgesucht. Dieses Verweilen auf der Couch liebe ich. Hier kann man seine Gedanken kreisen lassen und ab und zu auch herrlich einschlafen. Die Wiese, niemand vor sich, der Blick auf das Talende. Göttlich!

Auch jetzt kommen nach kurzer Zeit in einem eigenartig schwebenden Zustand die Gedanken und vor meinem geistigen Auge erscheint die ganze Hausanlage mitsamt seinen Bewohnern. Zu je vier Einheiten passen die im Landhausstil gebauten Häuser wunderbar in die Umgebung. Dreistöckig mit ausgebautem Dachgeschoss bieten sie ausreichend Platz und sind für diese Art von Baustil eher großzügig dimensioniert. An der Vorderseite ist die grüne Farbe, mit der die Holztrams der Balkone gestrichen wurden, ein schöner Kontrast zum gelben Mauerputz. Die ebenfalls grünen Holzkonstruktionen der überdachten Autoabstellplätze bei den Eingängen runden das Bild ab.

Die letzte Schneeparty im Frühjahr war ein Wahnsinn. Dieser Andy mit Karl zusammen, kaum auszuhalten. Wie sich die Frauen damals gut verstanden haben. Es stecken auch eigentlich immer dieselben unter einem Hut. Gisela, Michi, Roswitha und Melanie. Und wir Männer, immer dieselben. War mir schlecht am nächsten Tag! Diese Schneeballschlacht und dieses Gesöff!

„Komm, iss eine Kleinigkeit!" Meine Frau reißt mich aus den angenehmen Gedanken. Vor mir steht ein Teller mit einem wunderbar belegten Brot, daneben ein Glas Fruchtsaft. „Wenn es dir recht ist, gehe ich inzwischen zu Andy vor, mit Michaela ein bisschen plaudern. Du kannst ja dann nachkommen."

„Ist gut", murmle ich und denke weiter.

Immer dieselben. Was hat Andy gesagt? Sein Nachbar ist nicht da? Das macht nichts. Die sind eh nicht gerade die Lustigsten. Dass meine nicht da sind, ist schon eher traurig. Mit denen kann man lachen und wir verstehen uns gut. Aber ist ja egal … Heute geht es nicht um viel und es dauert hoffentlich nicht lange. Dieser

Komet! Ein bisschen drückt er auf die Stimmung. Oder bilde ich mir das nur ein? Karl und Roswitha sind auf jeden Fall dabei. Und seine direkten Nachbarn auch, Gisela und Hannes. Zeitgleich im Supermarkt, hat er gesagt, die beiden Frauen. Dann sind sie abends auf jeden Fall anwesend. Diese Gisela, eine schöne Frau mit ihren langen Beinen und den blonden Haaren. Lustig, ihre Stirnfalte und der schiefe Blick, wenn sie eine Meinung vertritt. Roswitha, die immer mit ihr zusammensteckt, ist mit ihren dunklen Haaren und der kleineren Figur ein wahrscheinlich deswegen so gut zusammenpassender Kontrast. Und Hannes, der Mann von Gisela, ich glaube, er ist Taxifahrer, ich weiß das eigentlich gar nicht genau: klein, schlank, immer lächelnd, ein lustiger Typ, bedächtig wirkend. Wahrscheinlich wird auch ihr Sohn anwesend sein, Stefan, glaube ich, heruntergerissen sein Vater. Auf jeden Fall …

„Hallo, Paps! Wo ist Mama?" Die Stimme meiner Tochter schreckt mich auf. Sie steht im Türrahmen und schmunzelt mir entgegen. „Hast du etwa geschlafen?"

„Blöde Frage!" Noch nicht ganz munter richte ich mich ächzend auf und betrachte sie wohlwollend. Süße zwanzig blicken mir frech in die Augen. Klein und fein, einfach beschrieben. Die Größe hat sie von ihren Großmüttern, so ziemlich alles andere von meiner Frau geerbt, dieselbe Haarfarbe, dasselbe hübsche Gesicht und die schlanke Figur aus Zeiten etwas länger zurück. Katharina haben wir sie getauft, ein ehrgeiziges Persönchen. Was sie anpackt, wird meistens gut vollendet.

„Wieso bist du schon da? Hat dich dein Freund verlassen."

„Liebes Papilein, ich wollte einfach heute bei euch sein. Außerdem gibt es ja eine kleine Party. Ich habe morgen keine Lesung, mein Männlein kann auch einmal ohne mich sein und dieser Komet ist mir unheimlich. Wo ist deine Frau?"

„He!" Ich muss lachen. „Sie ist vorne bei Michaela und Andy. Hast du beim Vorbeifahren nichts gesehen?"

„War niemand da. Wird wohl hineingegangen sein. Aber ist nicht so wichtig, ich kann ja nachher noch mit ihr plaudern. Oder wollen wir beide auch gleich zu ihnen gehen?"

„Wenn es nicht sein muss, bitte nicht", meine ich noch verschlafen und strecke mich gähnend. „Es ist gerade so schön hier. Lass mich noch ein bisschen dösen, es dauert sicherlich noch, bis ein paar andere nach Hause kommen. Du kannst, wenn nichts anderes ansteht, ja schon deine Mutter aufsuchen."

„Typisch Papa! Will mich loshaben." Schmunzelnd verlässt Katharina, auch Kati, wie wir sie ab und zu rufen, den Türrahmen und begibt sich ins Innere. Ein paar Minuten höre ich sie noch herumwerken, dann wird es ruhig im Haus.

Wer wird heute eigentlich kommen? Andy, Michaela, Karl sind schon da und Roswitha kommt mit Gisela von der Arbeit. Hannes wird sicherlich auch dabei sein, wenn er nicht Nachtdienst hat, und die Leute vom unteren Haus wahrscheinlich ebenfalls. Und wir drei. Mehr nicht. Vielleicht auch noch ein paar Kinder? Von unserer Seite sind ja zwei Familien nicht da. Hoffentlich trinken wir heute nicht zu viel. Ich bin irgendwie nicht gut drauf. Dieser blöde Komet! Bin froh, wenn der morgige Tag vorbei ist. Ein ganz schön großer Brocken, der da auf uns zurast. Gut, dass wir beide nicht ins Geschäft müssen, und gut, dass ich jetzt einfach zu denken aufhöre. Ein bisschen werde ich noch vor mich hin starren und dann meinen beiden Frauen folgen.

„Prost!" Andy deutet mit einer geöffneten Flasche zu mir. Neben ihm unterhält sich seine Frau mit Gisela und meiner Holden. Meine Tochter ist kurz zum Telefonieren ins Haus zurückgegangen und Karl ist mit dem vor zehn Minuten aufgetauchten Bürgermeister über die Straße geeilt, um am Ende der Wiese am Hang, ungefähr fünfzig Meter von hier, die Ursache der gelegentlichen Überschwemmungen zu begutachten. Sein lautes

Organ ist bis hierher zu hören. Roswitha ist ihnen ein Stück nachgegangen und lächelt still vor sich hin.

„Hannes kommt mit Stefan in gut einer halben Stunde", höre ich Gisela sagen. „Auch wenn er erst 16 ist, hat deine Tochter dann wenigstens jemanden zum Reden."

„Prost! Dich meine ich!" Andy rempelt mich an. „Träumst du?"

„Entschuldige! Was hast du gesagt?"

„Prost! Komm, stoße schon an! Was ist heute los mit dir? Du bist so ruhig."

„Dieser Komet und das fast Einschlafen vorhin …" Ruckartig konzentriere ich mich besser auf mein Gegenüber. Durch seinen Bart ist ein lächelnder Mund zu erkennen und aus seinen Augen leuchtet der Schalk.

„Lass es dir schmecken!"

Die Flaschen klirren und ich muss nun ebenfalls grinsen. „Du bist es nicht gewohnt, einmal nichts von mir zu hören. Aber berührt dich dieser Komet den gar nicht?"

„Ach, dieser Eisbrocken! Warum soll ich mir jetzt die Laune verderben lassen? Morgen ist der Spuk sowieso vorbei."

„Hoffentlich …"

Michaela mischt sich räuspernd in das Gespräch und stellt sich neben ihren Mann. Meine Frau kommt an meine Seite. Während sie sich einhängt, überqueren gerade Roswitha und Karl mit dem Bürgermeister die Straße und gehen auf Gisela zu, die gebückt an der Bierkiste hantiert.

„Wo ist dein Mann heute?", ruft ihr Heinrich, so ist der Name des Ortschefs, laut entgegen. Wie auf dem Land üblich, ist hier jeder per Du, man kennt sich.

„Der kommt gleich", spöttelt Gisela, wieder aufgerichtet. „Du darfst mir also nicht zu nahe treten."

Gelöstes Gelächter dringt den Näherkommenden entgegen und Karl ruft mit seiner dunklen Stimme von hinten spaßeshalber:

„Gebt ihm ja nichts zu trinken, der lässt viel zu wenig aus seiner Kasse springen!"

„Was heißt, viel zu wenig? Wir zahlen doch sowieso fast alles", kontert Heinrich gut gelaunt, während Karl mit Roswitha, nun ebenfalls neben Gisela angekommen, ihm belustigt auf die Schulter tippt.

„Aber nur fast. Unseren vergangenen Ärger, ein Taschengeld sozusagen, zahlt ihr nicht."

„Ein Taschengeld? Das wäre gut", wiederholt Andy. Und ich meine ebenfalls: „Ja, ja, ein Taschengeld!"

„Was höre ich? Mehr Taschengeld?" Katharina ist wieder nach vorne gekommen und hat sich, mit einem Kopfnicken den Bürgermeister begrüßend, zwischen meine Frau und mich gedrängt.

„Genau, stell dich auf die Füße!", spöttelt Gisela. „Mein Sohn kann auch nicht genug davon bekommen."

„Das fehlt gerade noch!", antworte ich mit schiefem Blick und Michaela sagt augenzwinkernd: „Nicht so laut, sonst kommen meine Töchter auch noch auf die Idee, da mitzureden!"

Katharina, die in der Zwischenzeit Roswitha und Karl, da diese vor ihrem Telefonat noch nicht anwesend waren, die Hand gibt, kontert schelmisch: „Wenn dieser Nette hier schon so viel zahlt, dann muss für mich auch was über bleiben."

„Warum höre ich von dir nichts?", wende ich mich an Melanie neben mir. „Dein Töchterchen stellt Ansprüche."

„Was heißt, *mein* Töchterchen? Unser …"

Ihre Antwort wird unterbrochen von zwei Autos, die langsam von der Straße in die Einfahrt abbiegen und seitlich vor uns stehen bleiben. Im vorderen Fahrzeug sitzt der Mann von Gisela mit ihrem Sohn, die beide herauswinken. Dahinter ist aus dem geöffneten Seitenfenster die Stimme von Franz Stiegler, der mit Monika, seiner Frau, das unterste Eckhaus bewohnt, zu hören: „Braucht ihr uns hier noch? Wir müssen morgen ganz zeitig weg. Es wäre gut, wenn wir heute Ruhe hätten."

Andy, der stellvertretend für uns zum Auto gegangen ist und die beiden durch das Fenster begrüßt, meint: „Ist schon alles geklärt. Ich berichte euch, wenn ihr mehr Zeit habt. Schade, dass etwas dazwischen kommt." Und zu Stefan, der eben aus dem vorderen Fahrzeug gestiegen ist, ruft er laut: „Sag deinem Vater, wir brauchen ihn!"

Mittlerweile sind schon wieder drei Stunden vergangen und wir sitzen zu acht im gemütlich umgebauten Keller von Andy und Michaela. Karl mit der besseren Hälfte Roswitha, Hannes mit seiner Gisela, meine Frau Melanie und ich sind mit den beiden Hausherren diese Gruppe und wir haben uns vor Kurzem entschlossen, mit verschiedensten Partyspielen zu beginnen. Beinahe schon kindisch werden mit Flaschenkorken schwarze Punkte auf die Stirnen von stotternden Opfern gemalt, ab einem gewissen Quantum Alkohol tatsächlich eine lustige Sache.

Stefan und unsere Tochter Katharina wollten sich kurz nachdem der Bürgermeister die Gruppe im Freien verlassen hatte, auf einen Videofilm zurückziehen. Die Gespräche der Erwachsenen seien zu öde, meinten sie.

„Ich bin der Riapy Nummer eins mit zwei Diapy. Wie viel Diapy hat der Riapy Nummer drei?"

„Wer?"

„He, du bist gemeint, Melanie."

1

Nichts ist mehr, wie es einmal war. Dieser Lärm und diese Angst. Hoffentlich bleibt das Haus stehen! Was wird im Geschäft sein? Was mit den Eltern und Bekannten? Wenn ich in die Gesichter der beiden Frauen schaue, das blanke Entsetzen. Oh, dieses

Krachen! Am liebsten würde ich mich verkriechen. Ich werde ein Tagebuch beginnen, wenn wir überhaupt überleben ...

Am Nachmittag haben sich lustigerweise alle, die gestern Abend beisammen waren, im Garten wiedergefunden, um den sich nähernden Kometen zu beobachten. Nach einigem Hallo war der helle Punkt am Himmel überdeutlich bis jetzt verfolgbar. Einige Fernsehstationen sind seit den Mittagsstunden live auf Sendung und darum läuft auch bei uns der Bildschirm.

„In drei Minuten wird der Kontakt mit der Atmosphäre erwartet", sagt die dunkle Stimme eines männlichen Reporters von einem deutschen TV-Sender soeben.

„Das einmalige Schauspiel des Verglühens direkt über uns." Eine junge Berichterstatterin kommt zusätzlich ins Bild und macht sich bemerkbar.

„Dieses Schauspiel ist für die Medien gut, aber nicht für uns", meine ich mürrisch, während ich mich zur Terrassentüre begebe und dabei kein gutes Gefühl habe. Eine Ahnung lässt mich unruhig werden. Mein Blick richtet sich vom Fernseher auf meine Frau und meine Tochter, die gebannt die Ereignisse verfolgen. „Ich schaue mir den Rest von draußen an. Ich komme dann wieder."

Im Freien, wo außer mir niemand zu sehen ist, nehme ich einen Sessel und verfolge die leuchtende Kugel, die ziemlich in der Mitte über unserem Tal, jetzt deutlich sichtbar, langsam nach rechts wandert.

Jetzt muss der Luftkontakt sein. Ziemlich hell. Oh, schön! Diese wallenden Farben, super! Das wird aber immer größer. Dauert schon ganz schön lange jetzt.

„Erich!" Die schrille Stimme meiner Frau schreckt mich auf. „Da stimmt was nicht! Die flippen aus bei der Übertragung. Komm!"

Die Stimmen im Wohnzimmer überschlagen sich tatsächlich, es sind nur Wortfetzen zu verstehen. Melanie und Katharina sitzen nicht mehr, sondern stehen aufgeregt im Raum. Erschrockene Augen schauen mich an und beide deuten auf den Bildschirm.

„Was ist?"

„Der verglüht nicht!"

„Was heißt, er verglüht nicht?"

„Da, schau!"

In dem Studio herrschen tumultartige Zustände. Einige Stimmen schreien durcheinander, in der Übertragung ist die Bahn des glühenden Kometen, von irgendwelchen Stationen vom Boden aus gefilmt, zu sehen.

„Schnell, schalt um!"

In der Hektik kommt mir die Fernbedienung nicht gleich unter. Während des Suchens entsteht wieder eine gewisse Ordnung in dem Nachrichtensender und die Stimme von vorhin sagt soeben: „Mit dem Schlimmsten ist zu rechnen!"

Endlich erspähe ich die Tastatur und wähle einen österreichischen Sender.

„…hole, wir unterbrechen unser Programm und geben Katastrophenalarm! Entgegen der vorherrschenden Meinung ist die offensichtlich irrtümlich angenommene Eishülle des in die Atmosphäre eingedrungenen Kometen bis jetzt noch nicht verdampft! Nähere Einzelheiten sind zurzeit nicht verfügbar. Wenn ein Kontakt stattfindet, ist mit einem Einschlag in Mitteleuropa zu rechnen. Ich wiederhole, wir unterbrechen unser Pro…"

„So eine Schei…!" Entgeistert suchen meine Augen die meiner Frau. „Schnell, rufe die Eltern an und im Geschäft! Die sollen zusperren und verschwinden!" So nebenbei bemerke ich den Klingelton vom Handy meiner Tochter und ohne viel nachzudenken, wechselt ein Druck auf die Fernbedienung in einen Radiokanal.

„… Ihnen möglich ist, suchen Sie einen gesicherten Platz und verlassen einen Aufenthalt im Freien! Dies ist eine nicht fundierte, noch spekulative Annahme. Wenn der eingedrungene Fremdkörper nicht verglüht, ist in wenigen Minuten mit einem Erdkontakt zwischen Ungarn und Mitteldeutschland zu rechnen. Leider liegt Österreich in einer möglichen Aufschlagslinie. Bitte verfolgen Sie weiter diesen Sender! Bleiben Sie ruhig! Wir berichtigen: Wenn noch restliche Masse vorhanden, Erdkontakt in einer Minute, vierzig Sekunden. Möglicher Aufschlag in einer angenommenen Linie Graz – Köln. Wir wiederholen: Bitte verfolgen Sie weit…"

„Papa, was sollen wir machen?" Die Stimme Katharinas löst mich aus der Starre.

„Wo ist Mama?"

„Bleiben Sie ruhig! Wahrscheinlicher Aufschlag in einer Minute, zwanzig Sekunden. Eher Richtung Mitteldeutschland. Bleiben Sie …"

„Die ist noch telefonieren. Was sollen wir machen?"

„Wer war das bei dir am Handy?"

„Christoph. Er ist bei seinen Eltern. Er wollte jetzt lieber bei mir sein und …" Sie unterbricht den Satz mit belegter Stimme, gleichzeitig kommt Melanie wieder ins Wohnzimmer.

„Ich habe alle erreicht. Da herrscht vielleicht eine Aufregung! Beide haben Gott sei Dank die Fernsehsendung verfolgt und ich brauchte nicht mehr viel erklären. Sieht nicht gut aus, oder?"

Wie immer bewundere ich ihre Ruhe. „Wie man's nimmt. Ich schaue mal hinaus. Verfolgt ihr die Sendung oder geht in den Keller!"

„Wahrscheinlicher Aufschlag Raum München. Bleiben Sie …"

Vor dem Wintergarten angekommen, fällt sofort der um vieles größer gewordene Feuerball ins Blickfeld, der jedoch Gott sei Dank eindeutig Richtung Westen sinkt. Nicht mehr lange, dann wird der obere Gebirgsrand mit seinen Bäumen die weitere Sichtverfolgung verhindern.

So nebenbei kommt mir zu Bewusstsein, dass die Alarmsirenen im Ort zugeschaltet wurden, was das Ganze noch ein bisschen unheimlicher macht.

„Hallo, Erich. So ein Dreck!"

Erst jetzt bemerke ich die anderen anwesenden Personen links von mir. Karl fuchtelt aufgeregt mit den Armen, Roswitha hält sich entsetzt den Mund zu und an ihrer Grundstücksgrenze schreit Hannes gerade etwas Unverständliches.

„Raum München! Raum München!"

Seine Worte ergeben nun, mit dem Sirengeheul vermischt, einen Sinn und seiner ausgestreckten Hand folgend, bemerken wir alle am westlichen Horizont über dem Gebirgsrand einen gelblich rötlichen Schimmer.

„Um Gottes willen, ein Einschlag!" Die Stimme Karls dringt mir ins Bewusstsein.

Eine größere Einschlagkatastrophe! Wie konnten sich diese Idioten nur so täuschen? Im Westen, schätzungsweise 200 Kilometer Luftlinie, 200 bis 300 Kilometer pro Stunde Windgeschwindigkeiten oder mehr! Keine Viertelstunde Zeit möglicherweise. Wie kommt Hannes auf München?

„Schnell ins Haus, absichern!", höre ich mich nach den sekundenschnell vorbeihuschenden Gedanken schreien. „Wir bekommen einen Wind, der sich gewaschen hat! Wahrscheinlich auch noch anderes auf den Kopf. Hoffentlich geht das gut!"

Mit einem unangenehmen Gefühl im Bauch achte ich auf die Reaktion meiner Nachbarn gar nicht mehr. Beim Umdrehen kommt mir auch schon Katharina entgegen.

„Komm, im Sender …", stammelt sie.

Drinnen verfolgt Melanie, etwas blasser geworden, den Bericht einer geschockt wirkenden Sprecherin jetzt wieder im Fernsehen.

„Wir haben nun definitiv die Bestätigung eines Einschlages vierzig Kilometer außerhalb Münchens. Wir geben

Katastrophenalarm für die Bundesländer Oberösterreich, Salzburg, Tirol und Vorarlberg. Mit Windgeschwindigkeiten weit über Hurrikanstärke ist zu rechnen. Suchen Sie, wenn möglich, Keller oder sonstige sichere Räume auf! Wir kennen die genaue Trefferwirkung noch nicht. Wenn … Um Gottes willen!" Ein ihr in die Hand gedrückter Zettel bringt sie aus der Fassung. Zitternd stammelt die Frau: „Satellitenaufnahmen zeigen … Oh Gott, ein Untergangsszenario! Das, das trifft ganz Europa! Der Himmel stehe uns bei!"

Tatsächlich München.

„Schatz, Kathi, wir müssen in den Keller! Ruhig bleiben! Wir packen das! Kerzen und Taschenlampen suchen! Unter einen Türrahmen setzen! Wärmere Kleidung anziehen! Schnell!"

Merkwürdigerweise wie aus der Pistole geschossen kommen diese Anweisungen. Ich weiß, dass meine Frau in kniffligen Situationen immer einen kühlen Kopf bewahrt, so auch jetzt. Wortlos nimmt sie Katharina bei der Hand und beide verschwinden im Stiegenhaus.

Soll ich das Gerät ausschalten? Ach was, ich lasse das Ding einfach laufen. Es wird sowieso der Strom ausfallen. Hoffentlich hält das Dach. Vielleicht schützen uns die Berge? Wie war das? Je nach Größe, die Kraft von was weiß ich wie vielen Atombomben? Ein Horror!

„Was ist mit dir?" Melanie hat sich eine wasserdichte Segeljacke angezogen und ist schon wieder unten. „Benutze auch so etwas Dichtes! Mach schon! Ich rufe noch einmal zu Hause an."

Unterwegs im Stiegenhaus kommt mir Katharina entgegen, die auch mit regenfestem Zeug bekleidet ist, und auf ihre bange Frage „Was wird jetzt werden?" murmele ich die blöde Antwort: „Es wird alles gut."

Nichts wird gut. Die Sprecherin vorhin war blass genug. Das kann eine globale Katastrophe werden. Windgeschwindigkeiten ungeahnten Ausmaßes, Feuer, Klimaänderungen!

Keiner hat so etwas schon einmal erlebt. Warum ausgerechnet bei uns?

„Erich, beeile dich! Der Sender wiederholt jetzt ständig dasselbe!"

Neben dem gleichmäßig lauter und leiser werdenden Sirengeheul dringt nun die Stimme eines Radiosprechers bis ins Schlafzimmer. Meine Frau hat eindeutig die Lautstärke verändert und offensichtlich wieder den Kanal gewechselt.

„… automatische Sendung des Österreichischen Rundfunks. Katastrophenalarm für alle Bundesgebiete! Suchen Sie Keller und Schutzräume auf! Ein Kometeneinschlag in Bayern verursacht eine drastische Klimaänderung. Dies ist eine automatische Sendung des Österreichischen Ru…"

„Mel, schalte den Sender aus! Das macht mich nervös. Bitte!" Hektisch habe ich die verschiedensten Kleiderbügel in der Hand. Bis mir endlich das richtige Zeug unterkommt, vergehen viel länger scheinende Sekunden. Das an Fliegeralarm erinnernde Getöse im Freien nervt zusätzlich.

Bleib ruhig, Erich! Bleib ruhig! Herrgott, wo ist diese blöde Hose? Komm, beeile dich!

Schließlich umgezogen, finde ich mich mit den beiden Frauen im Wohnzimmer wieder und bei einem Blick nach draußen, wo noch alles so wie immer scheint, muss ich sogar schmunzeln. „Schaut, da fährt sogar ein Auto, als ob nichts wäre!"

„Suchen Sie Keller und Schutzräume auf! Ein Kometeneinschlag in Bayern …" Ein Druck auf die Tastatur und das Gerät schweigt. Einzig die Sirenen stören die plötzliche Stille.

„Sollen wir gleich in den Keller gehen?", meldet sich Katharina plötzlich.

Melanie nimmt sie bei der Hand und flüstert ernst, aber mit fester Stimme: „Kathi, bleib jetzt stark! Es wird sicher nicht leicht. Lange kann es nicht mehr dauern. Dein Vater und ich schauen noch schnell, ob die Fenster geschlossen sind im Haus.

Du nimmst dir ein paar Kerzen und zündest sie im Keller an. Schau außerdem, ob alles dicht ist da unten. Wir kommen gleich."

Sensationell, wie diese Frau beruhigend wirken kann! Wie beim Segeln in brenzlichen Situationen. Toll!

Wir blicken uns im stillen Einverständnis in die Augen und jeder geht entschlossen seiner Sache nach. Katharina begibt sich in den unteren Hausbereich und wir steigen noch einmal im Stiegenhaus nach oben.

„Hast du noch alle erreichen können?" Unwillkürlich blicke ich bei dieser Frage auf meinen Zeitanzeiger. Es ist knapp vor 16 Uhr. Gut 15 Minuten sind seit der rötlichen Erscheinung im Freien jetzt vergangen. Jeden Augenblick wird es so weit sein.

„Meine bleiben im Geschäft, das ist im tiefsten Teil des Hauses, und deine haben sich auf den Weg in Schutzräume gemacht. Sie müssten jetzt schon dort sein. Mach dir keine Sorgen!" Ein Kuss von ihr gibt mir ein bisschen Stärke.

Beim Balkon angelangt, öffnen wir die gekippte Türe und treten ins Freie. Augenblicklich spüre ich, dass etwas anders ist. Der Luftdruck hat sich verändert, irgendwie meldet der Instinkt eine Gefahr. Dieses Gefühl scheint aus der Urzeit vererbt zu sein und ab und zu dringt es in den Vordergrund. So auch jetzt. Verschiedene Windrichtungen neigen die Bäume an den Gebirgsrändern konträr, links nach Westen und rechts momentan gar nicht oder teilweise nach Osten. Ein neben den Sirenen aufkommendes Getöse von rechts lässt nichts Gutes ahnen. Die Farbe am Himmel wird bedrohlich dunkler, erst jetzt fällt uns auf, dass die Sonne nicht mehr zu sehen ist.

Plötzlich ein krachendes Geräusch – und der Sturm ist da.

Das sirrende Pfeifen am Waldrand lässt uns zusammenzucken und richtig erschrocken reagieren wir auf die zugeschlagene Balkontüre. Ausgerissene Pflanzenteile fliegen durch die Luft und am oberen rechten Gebirgsrand sind in den Augenwinkeln jetzt ganze Bäume zu sehen, die entwurzelt wie in Zeitlupe nach unten segeln.

„Schnell, in den Keller!" Entsetzt packe ich meine Frau bei den Armen.

Ein Krachen erschüttert die ganze Hausreihe. Im Stiegenhaus ist das Licht bereits ausgefallen, flackerndes Kerzenlicht in den unteren Räumen zeigt uns den Weg.

Trotz der geschlossenen Kellerfenster dringt das dumpfe Getöse des Unwetters überdeutlich in unser Bewusstsein. Draußen muss ein Inferno herrschen.

Nichts ist mehr, wie es einmal war. Dieser Lärm und diese Angst! Hoffentlich bleibt das Haus stehen! Was wird im Geschäft sein? Was mit den Eltern und Bekannten? Wenn ich in die Gesichter der beiden Frauen schaue, das blanke Entsetzen! Oh, dieses Krachen! Am liebsten würde ich mich verkriechen. Ich werde ein Tagebuch beginnen, wenn wir überhaupt überleben …

Die bisher gleichmäßigen Windgeräusche werden jetzt akustisch anders, böiger, rüttelnder und zusätzlich dringt das laute Rauschen eines Niederschlages an unsere Ohren.

Die mit den Taschenlampen angeleuchteten Wände geben ein gespenstisches Licht, instinktiv betrachtet man die Mauern, ob nicht irgendwo Wasser eindringt. Noch scheint alles dicht zu sein. Gottlob.

Die wenigen Minuten erscheinen wie eine Ewigkeit, das Gefühl von Stunden und doch hat sich bei einem Blick auf die Uhr der Zeiger kaum bewegt.

„Ich schaue jetzt einmal hinauf!", meine ich flüsternd. „Hoffentlich hat das Haus keinen Schaden. Der Sturm scheint nachzulassen."

„Wir kommen mit!"

Die beiden Frauen sind noch vor mir im Stiegenhaus und leuchten mit den Lampen nach oben. Es muss draußen ziemlich dunkel sein, denn im Vorraum ist kaum Tageslicht zu erkennen. Ein Blick auf die Wände. Sie sind noch alle dort, wo sie vorher waren. Im Wohnzimmer gilt die erste Aufmerksamkeit der Terrassentüre und dem Fenster, der Wintergarten scheint auch intakt zu sein. Aber irgendetwas verdeckt die Sicht ins Freie. Die Umrisse eines Baumes mit seinen Ästen und Blättern, durch den strömenden Regen schlecht zu sehen, behindern den Blick nach draußen. Der immer noch vorhandene Wind peitscht eine Wasserwand auf die Glasflächen, die erstaunlicherweise dicht sind. Das war eine gute Baufirma! Die betonierten Verstrebungen haben gehalten.

„Oben ist alles in Ordnung. Einige größere Äste liegen auf den Dachfenstern und es ist ziemlich dunkel. Die Kaminverkleidung ist abgerissen und aus dem Fenster sieht man nicht einmal bis zu der Wiese. Aber sonst ist noch alles da. So einen Regen habe ich noch nie gesehen! Das war vielleicht ein ungutes Gefühl!" Katharina redet sich die Seele frei.

„Wir scheinen Glück gehabt zu haben, aber man weiß ja nicht, was noch alles kommt", antwortet Melanie leise. „Strom ist auf jeden Fall keiner da. Ich muss mich beschäftigen und …"

„Bitte helft mir!" Die Stimme von Andy lässt uns zusammenzucken. Er ist durch die nicht verschlossene Eingangstüre nach innen gekommen und steht triefend nass im Raum. Seine Haare kleben am Kopf und vom Bart tropft das Wasser. Eine Schramme im Gesicht zeugt von einem Unfall.

„Was ist los, Andy?" Melanie und ich sprechen fast gleichzeitig.

„Bitte helft uns!" Ein Weinkrampf schüttelt ihn. Erst mein Griff auf seinen Oberarm gibt ein bisschen Gefasstheit. „Bei uns steckt ein Baum im Dach. Alles ist kaputt." Neuerlich beginnt er zu schluchzen.

Die Familie muss Unfassbares mitgemacht haben.

„Über das Stiegenhaus rinnt seit diesem Regen das Wasser literweise in den Keller, der jetzt schon abgesoffen ist, und

Michaela spricht ununterbrochen von unseren beiden Kindern, die in der Schule sind."

„Um Gottes willen!", erwidert Melanie entsetzt und ich schreie fast dazwischen: „Ihr kommt beide sofort zu uns! Wir haben Schwein gehabt. Ich gehe mit dir, jetzt gleich!"

Vor der Eingangstüre prasselt der Regen auf mich. Andy ist noch im Hintergrund. Die wasserdichte Kleidung ist nun hilfreich. Irgendetwas ist anders. Mir ist auch gleich klar, was. Den Carport hat es weggerissen. Die abgebrochenen Pfosten ragen wie mahnende Finger in die Höhe. Darum die Nässe. Unsere Autos hängen zusammengekeilt im Nachbargrundstück und ausgerissene Bäume liegen vereinzelt auf der Zufahrt. Kein schönes Bild. Bei meinem linken Nachbarn fehlt ebenfalls das Dach. Hier sind aber auch die Pfosten weg und im Teer klaffen Löcher. Weiter oben und weiter unten stehen die Dächer der Abstellplätze noch. Es müssen verschiedene Windzirkulationen geherrscht haben. Auch jetzt ist immer noch ab und zu sehr böiger Wind, der an der Kleidung rüttelt.

„Komm!", schreie ich zu Andy. „Laufen wir zu euch!"

Unterwegs waten wir durch zentimeterhohes Wasser, das immer wieder von Hindernissen am Boden aufgehalten wird und wie ein Bach die Straße herunterrinnt. Das Wetter ist katastrophal, ich muss mir den Kopfschutz halten.

Höchstens zwanzig Meter Sicht. Ein Regen wie bei einem Monsun. Aber hier steht noch alles. Ob der Gebirgsrand uns geschützt hat? Ich bin irgendwie erleichtert. Es hätte weit schlimmer sein können.

Das Dach von Andys Haus lässt mich jedoch die Meinung ändern. Die Teile eines Baumes ragen abgerissen oben heraus, die ganze Anlage ist zerstört. Die Hauptstraße davor ist aufgefüllt mit Pflanzenteilen und das Stück Wiese ist bereits mit Wasser voll und beginnt überzulaufen. Schattenhaft bemerke ich auch, dass der Waldrand keiner mehr ist, die Bäume sind teilweise geknickt.

Ich berichtige: Es ist schlimm.

„Komm schon! Zum Schauen ist später noch Zeit!"

Merkwürdigerweise steht hier der Autoabstellplatz noch ohne Schaden. Der Wind geht wirklich oft eigenartige Wege ... Vielleicht war aber auch die Nähe zum Gebirgsrand hilfreich? Sogar seine zwei Autos sind unbeschädigt. Dafür aber das kaputte Dach – sicherlich um vieles schlechter.

Andy steht jetzt an seiner Eingangstüre und ruft in den dunklen Innenraum: „Bitte pack ein paar Sachen! Bei den dreien ist noch alles ganz. Wir sollen zu ihnen kommen. Das ist diese Nacht besser."

Mein Trost gilt sofort Michaela, die durch das Rufen ihres Mannes herausgekommen ist und schon länger geweint haben muss. Ihre dunklen Augen haben rote Ränder. Kein Wunder bei diesem Schock.

Tatsächlich rinnt neben meinen Schuhen ganz langsam das Wasser vorbei und ich sehe in der Dämmerung den vollgelaufenen Keller und das tropfende Stiegenhaus. Ein Horror!

Die beiden verschwinden im Haus. Es wird vorübergehend etwas heller, der Himmel wirkt trotzdem mit schwarz-gelben Wolken sehr bedrohlich.

Entsetzlich, jetzt sieht man mehr. Von dem Wald ist ja nichts mehr da! Alles entwurzelt und der Boden bereits völlig abgesoffen! Das gibt ein Hochwasser! Überall liegen diese Bäume herum. Die ganze Seitenwand von Andys Haus ist voller Dreck. So, wie das Wasser da bei mir vorbeirinnt, hoffentlich nimmt die Wiese unten das alles auf. Wir haben unwahrscheinliches Glück gehabt. Bei uns ist ja eigentlich gar nichts. Ein Wahnsinn! Auch das noch, jetzt beginnt es wieder stärker zu regnen. Und dieser verfluchte Wind!

„Erich!" Michaela und Andy sind wieder draußen. „Mehr nehmen wir nicht mit. Danke, dass ihr uns aufnehmt!" Er zeigt auf eine geschlossene Tasche in seiner Hand.

„Also komm! Das ist doch selbstverständlich. Dass du überhaupt so einen Unsinn sagen kannst! Lauf mir lieber nach!"

„Ich glaube, die Tür brauchen wir nicht zu verschließen", dringt es noch neben dem prasselnden Regen an mein Ohr. Michaela denkt sogar in der Not an so etwas jetzt Unwichtiges.

Das kurze Stück lässt uns ganz schön außer Atem kommen und ohne viel zu schauen, gehen wir gleich ins Haus. Wir wollen nur der Nässe entrinnen.

Melanie und Katharina nehmen sofort Michaela zwischen sich, ich schaue Andy stumm an und meine nach kurzem Zögern: „Bist du überhaupt in der Lage? Wir sollten bei den anderen nachsehen. Ich habe noch keinen draußen bemerkt. Hoffentlich ist dort alles in Ordnung."

Ganz leise ist zur selben Zeit eine flüsternde Stimme zu hören: „Deinen Kindern wird nichts passiert sein, glaube mir."

Beim Hinsehen ist spontan eine Zuordnung der Tonlage zu einer der Damen nicht möglich. So leise gesprochen, scheint alles gleich zu klingen. Bei völliger Dunkelheit wird ein Auseinanderhalten der Personen bei geflüsterten Gesprächen wahrscheinlich überhaupt nicht funktionieren. Ich tippe auf meine Frau als Trostspender. Das mit den beiden Mädchen geht ihr sicherlich nahe.

Andys Frau hat wieder zu weinen begonnen. Melanie tröstet sie sanft und nimmt Michaela in ihre Arme. Statt einer Antwort auf meine vorherige Frage, drückt sich auch Andy an seine Frau und Katharina umschließt alle drei und versucht eine Hand zu finden.

Die mitgenommene Tasche steht am Boden zwischen mir und der Gruppe, ich komme mir plötzlich ziemlich alleine vor.

Ein Krachen im Freien lässt uns alle fünf zusammenzucken. Der Wind hat wieder kräftig zugelegt und das Jaulen des neuerlichen Sturms strapaziert unsere angeschlagenen Nerven zusätzlich. Irgendetwas schlägt am Dach und vermischt sich mit dem Getöse.

„Ich muss nachsehen! Dieser Lärm ist beim Kamin!" Entsetzt schaue ich auf die Anwesenden. „Es ist wieder so verdammt finster geworden. Wo ist eine Taschenlampe?"

„Ich habe die abgerissenen Blechteile vorher gesehen, Papa." Katharina meldet sich gefasst zu Wort und steigt über die Tasche, die jetzt Andy an sich nimmt und auf einen Sessel stellt.

„Die Verkleidung oben. Äh, können wir auch im Wohnzimmer Kerzen aufstellen?"

„Sicherlich." Melanie gibt sich mit der Antwort auf die Frage einen Ruck und trennt sich von Michaela, die jetzt nicht mehr weint und gefasster wirkt. „Geht es wieder?"

„Ja, ja. Danke. Wir hätten Taschenlampen im Haus. Sollen wir welche holen?" Michaela schaut dabei ihren Mann an, der sich zögerlich in Bewegung setzen will, aber von mir aufgehalten wird.

„Jetzt warte doch! Wir haben selber vor Kurzem noch welche benutzt." Meine Arme hindern ihn am Weitergehen. „Morgen schauen wir sowieso alle nach eurem Haus. Ich habe so ein Gefühl, dass wir zusammenrücken müssen. Das war keine Gewittersituation. Ich will den Teufel nicht an die Wand malen, aber ich bin froh, wenn in den nächsten Tagen überhaupt irgendjemand zu sehen sein wird."

Mit einem lauten Schluchzer fängt Michaela wieder zu weinen an und meine Frau schaut mir vorwurfsvoll in die Augen.

„Entschuldige, so war das nicht gemeint. Natürlich können überall die Leute sein. Zu blöd. Bitte beruhige dich!"

Gott sei Dank reagiert Michaela gleich und wird leiser. Sie ist keine Heulsuse. Ihre Nerven liegen nur blank. In der Situation kein Wunder.

„Ich hab das nur so dahergeredet. Im Ort war lange Zeit, um Schutzzonen aufzusuchen. Du wirst sehen, morgen sind eure Kinder wieder da."

Mit einem schlechten Gewissen suche ich jetzt selber die gewünschte Taschenlampe und finde mehrere auf dem Beistelltisch im Wohnzimmer, wo wir sie beim erstmaligen Heraufkommen aus dem Keller abgelegt haben.

Nun schlagen die Äste des ausgerissenen Baumes gegen das Glas im Wintergarten und erzeugen mit dem Wind ein unangenehmes Geräusch, das einen angstvoll hinausschauen lässt. Wenig ist zu sehen, die Umrisse der Büsche im Nachbargarten ragen in die Dämmerung und werden vom Sturm hin und her gerissen. Auch das Scheppern am Dach verstärkt sich leider immer mehr zu einem lauten Krachen im Einklang mit dem Heulen der Elemente draußen.

Ein Blick auf die Uhr zeigt, dass noch nicht einmal eine Stunde seit dem Unglück vergangen ist. Es müsste noch hell sein. Die Wolken und vielleicht auch aufgewirbelter Staub vermischt mit Rauch scheinen sehr dicht zu sein.

„Komm, Erich! Ich will mit dir hinauf!" Andys Stimme meldet sich. „Hast du eine Taschenlampe gefunden?"

In der Zwischenzeit angezündetes Kerzenlicht wirft Schatten vom Essplatz ins Wohnzimmer und ich bin froh, wieder die Nähe von Personen zu spüren. Jetzt alleine zu sein, wäre kein gutes Gefühl.

„Ich hab hier mehrere, komme schon!"

Wieder bei der Tür zum Vorraum angelangt, hängt sich Melanie bei mir ein, als ob ich eine Stunde weg gewesen wäre. Mit unser aller Nervenkostüm steht es nicht zum Besten. „Dieses Klappern macht mich wahnsinnig. Ich gehe mit dir nachschauen!"

Andy nimmt mir eine Taschenlampe aus der Hand.

Katharina, die bei den Kerzen sitzt, murmelt zwischenzeitlich etwas Unverständliches und starrt dabei unentwegt auf ihr Handy.

Wir leuchten zu den Stiegen und wieder in die Küche, spaßeshalber auch in die Gesichter unserer Frauen, die wenig begeistert davon scheinen und ein bisschen unwirsch reagieren.

„Ich bekomme keine Verbindung!" Kati meldet sich jetzt deutlich irritiert.

Melanie und Michaela schauen sich in die Augen und gehen gemeinsam zu ihr. Katharina ist blass geworden und hantiert hektisch mit dem Gerät vor ihr. Ganz behutsam daher die Frage von Melanie an ihre Tochter: „Was meinst du mit *keine Verbindung*?"

„Na, keine Verbindung, nichts, besetzt, nichts!"

„Zu deinem Freund? Denke logisch! Wo sollen bei diesem Sturm noch Masten stehen? Und ohne Strom geht wahrscheinlich das Zeug auch nicht. Also, keine Panik und ruhig bleiben!"

Die Anwesenheit der beiden wirkt Wunder. Katharina ist sofort nicht mehr so fahrig und bekommt auch wieder Farbe im Gesicht. Die Erklärung war auch einleuchtend und ein nicht funktionierendes Telefon hat momentan keine Aussagekraft.

„Erich, komm jetzt endlich!" Andy deutet ins Stiegenhaus, er hat die Gespräche der Frauen gar nicht mitbekommen und unterbricht deren Unterhaltung mit seinem lauten Rufen. „Willst du nicht wissen, was dort oben los ist?"

„Natürlich, ich bin schon da!"

Im Dachgeschoss angekommen, ist das unangenehme Schlagen eindeutig dem Kamin zuzuordnen und bei einem Blick durch das schräge Fenster auch die Ursache feststellbar. Ein großes Blechteil der Verkleidung hat sich losgerissen und verursacht vom Wind gebeutelt diesen Lärm. Am oberen Rand ist der Kaminverbau eingebrochen, aber ansonsten noch ganz.

„Was sollen wir machen?", murmelt Andy. „Wie sollen wir da zu diesem Teil kommen. Bei dem Sturm ist ein Öffnen des Fensters wahrscheinlich zu riskant. Aber andererseits, wenn dieses Blech so weiterschlägt, geht das Dach noch kaputt!"

„Zwei Meter Entfernung ungefähr", meine ich mit einem Blick nach draußen. Gleichzeitig entriegelt ein Ruck nach rechts das Fenster.

„Sei vorsichtig!", warnt Andy. „Und halte dich mit beiden Händen an!"

Er braucht mir das nicht zwei Mal zu sagen, denn schon beim Rumklappen des Fenstergriffes ist der Winddruck zu spüren und zerrt die Glasfläche nach oben.

Gerade zehn Zentimeter Spalt entstehen, dann scheint mir das Rütteln zu gefährlich und mit einem festen Druck schließe ich das Fenster wieder. „Da komme ich niemals hinaus. So ein beschissener Sturm!"

„Sei froh, dass du keinen Baum im Dach hast! Aber horch!" Andy dreht sich um. „Ich glaube, der Wind kommt jetzt aus einer anderen Richtung und ist auch schwächer geworden."

„Tatsächlich. Das Blech schlägt nicht mehr."

„Papa!" Eine helle Stimme unterbricht unsere Unterhaltung. Katharina ist nach oben gekommen und leuchtet uns entgegen. „Gerade als ihr im Stiegenhaus wart, hat eine Windböe den abgerissenen Baum in den Wintergarten gedrückt und leider eine vordere Türe zerstört." Der Schein der Taschenlampe erzeugt eigenartige Schatten an den schrägen Wänden. Das grelle Licht blendet auch ein bisschen, wir halten uns zum Schutz eine Hand vor die Augen. „Aber er ist dort hängen geblieben und nicht näher an die Mauer gekommen. Und was ist bei euch?"

„Das Blech. Ist viel kaputt?"

„Nein, seht es euch selber an. Der Baum, das Glas. Innen ist jetzt alles nass und verdreckt." Nach kurzem Zögern fährt sie fort: „Außerdem war es kurz ein bisschen heller. Die ganze Wiese scheint überschwemmt zu sein. Hoffentlich hört es irgendwann auf zu regnen, sonst kommt das Wasser von vorne in den Keller."

Mit ihren Ausführungen wird mir tatsächlich bewusst, dass man im Zimmer wieder ohne Lampen sehen kann. Andy steht schon beim Fenster und schaut hinaus.

Der Ausblick, der sich von hier aus für uns drei ergibt, ist wenig erbauend und zeigt die schrecklichen Veränderungen der näheren Umgebung. Auf der großen Wiese liegen kreuz und quer ausgerissene und abgebrochene Bäume, die in einem scheinbaren See liegen. Der rechte obere Gebirgsrand ist kahl, etwa ab der Mitte des Hanges stehen noch vereinzelt einige Stämme und haben die von oben heruntergestürzten Pflanzen teilweise aufgefangen. Auch der linke obere Gebirgsrand ist völlig kahl gefegt. Nur der untere Waldbestand beim Bach scheint intakt zu sein.

Dieser Sturm muss eine unheimliche Kraft gehabt haben. Ein Wunder, dass bei unseren Häusern nicht mehr passiert ist! Die Gebirgsränder müssen viel aufgehalten haben. Wer weiß, wie es in den Ebenen ausschaut? Hoffentlich stehen die Gebäude in der Stadt noch und haben diesen Orkan überstanden. Ich mache mir Sorgen.

„Ein Wahnsinn! Jetzt hört es ganz auf zu regnen und die Wolken sind weniger dicht, aber von eigenartiger Farbe." Andy zieht mich am Arm näher und zeigt zu den Nachbardächern. „Weiter drüben liegt auch irgendetwas Größeres auf dem Sims, aber sonst hat es scheinbar nur uns erwischt. Das war eine schlimme Katastrophe! Was meinst du?"

„Leider, ich habe kein gutes Gefühl bei den Schäden da unten. Aber der Ort müsste auch einen Schutz im Kessel gehabt haben." Ich deute Richtung Talende und meine weiter: „Diesen Kamin lassen wir jetzt erst einmal so, wie er ist, und schauen vielleicht zu unseren Nachbarn. Bis jetzt hat sich außer euch niemand gemeldet."

Irgendwie widerwillig trennen wir uns vom Dachfenster, als ob der Blick in den helleren Raum das Gefühl der unangenehmen Ereignisse verdrängen könnte, und begeben uns wieder ins Erdgeschoss, wo Melanie und Michaela bei der Terrassentür den beschädigten Wintergarten beobachten. Ein dicker Ast ragt teilweise zerschnitten bis zur Mitte nach innen und hat die Sessel unter sich begraben. Mein Lieblingsplatz ist nicht wiederzuerkennen.

„Bei viel Wind hat er sich danach nicht mehr bewegt", meint Melanie zu uns gewandt mit leiser bedrückter Stimme. „Aber kaum wart ihr weg … Der Krach! Wir sind ziemlich erschrocken. Schade, oder?"

„Wie man's nimmt", antwortet Andy mit einem Kopfschütteln und zu seiner Frau gewandt, fährt er fort: „Einfach unvorstellbar da draußen! Kein Baum mehr an den oberen Rändern. Dieser Sturm hat alles weggerissen. Das ist kein kleineres Unglück mehr. Wir waren in diesem Tal wahrscheinlich besser geschützt als flachere Gebiete. Auch der Ort vorne, unsere Kinder, sie werden hoffentlich Schutz gefunden haben."

„Meint ihr eine Umweltkatastrophe oder ein auf unseren Raum begrenztes Unglück?" Melanie hat Andy unterbrochen und schaut fragend in die Runde.

Andy schaut mir in die Augen. Weil ich still bleibe, räuspert er sich, und nach kurzem Zögern sagt er: „Ihr müsst euch das von oben anschauen. Die Landschaft ist nicht wiederzuerkennen. Ich möchte nicht wissen, wie es in flacheren Gebieten aussieht, ganz zu schweigen in der Nähe des Treffers. Ein Erdbeben ist wahrscheinlich ein Klacks gegen …"

„Hallo?"

Eine Stimme lässt uns erschrocken zusammenzucken.

Franz steht im Vorraum und hat Andy unterbrochen. Bekleidet mit einem blauen Anorak und einer dicken Sporthose wirkt seine breite Gestalt noch stämmiger.

„Wie geht es euch? Eigentlich eine dumme Frage. Ich habe schon gesehen: kein Carport mehr und unsere Autos kleben aufeinander. Ihr seid höher. Rund um uns ist ein See, unsere Keller sind schon abgesoffen."

„Was?", meine ich betroffen.

„Unsere Keller sind abgesoffen. Es ist alles unter Wasser. Wart ihr nicht draußen?"

„Schon. Vor einer viertel oder halben Stunde. Bei Andy vorne. Aber da war das Wasser noch nicht bei eurer Eingangstüre." Mein Kopf schüttelt sich wie von selbst, während ich auf ihn zugehe. „Servus übrigens. Wir wären jetzt nach euch schauen gegangen. Keine gute Situation, oder? Hast du den Baum im Dach der beiden gesehen? Und was ist mit euren Nachbarn?"

„Wir sind alle mehr oder weniger geschockt bei der Zufahrt, oder was davon übrig ist." Wir schütteln uns die Hände. „Es geht so halbwegs. Noch einmal brauche ich das nicht. Unsere Häuser sind stehen geblieben, aber ich befürchte, woanders schaut es noch schlimmer aus."

„Wie geht es ihnen? Ah, Andy und Michaela sind auch da!" Gisela ist ebenfalls in den Raum gekommen und drängt sich an Karl und mir vorbei. „Kommt raus und schaut euch diesen Wahnsinn an!"

Schmunzelnd betrachten wir das scheinbar nicht unterzukriegende Energiebündel und wie auf Kommando begeben sich alle stumm zur Eingangstür.

Es regnet jetzt nicht mehr und im Vergleich zu vorher ist es auch wesentlich heller geworden. Der starke Wind ist eingeschlafen, das Gefühl im Freien ist trotzdem einengend und anders als sonst. Die mahnenden Finger der ehemaligen Carports, die umgerissenen Zäune, überall die herumliegenden Pflanzenteile und das nun tatsächlich bis knapp vor unsere Eingangstüre reichende Wasser wirken beklemmend. Rechterhand wurden unsere Autos mit Gewalt beiseite geschoben und sind auf den ersten Blick miteinander verkeilt, doch scheinbar nur leicht beschädigt. Wenn man das Gefälle der Zufahrtsstraße weiterrechnet, dann muss die untere Wiese fast einen halben Meter geflutet sein, bei den untersten beiden Häusern, wo momentan niemand da ist, steht der Pegel jedenfalls in Eingangstürhöhe, bei den vorhandenen beiden Nachbarn in Gartenhöhe und, wie schon gehört, auch in deren Kellern.

„Der Bauer da hinten wird schwere Probleme haben. Man kann von hier aber nichts erkennen. Zu weit weg. Aber das Wasser muss dort noch höher sein", meint Roswitha, die sich wieder in die Nähe ihres Karls begeben hat und mit ihren Gummistiefeln gedankenverloren einen abgebrochenen Ast beiseite schiebt. „Dieser extreme Regen hat scheinbar den ganzen See übergehen lassen. Das Wasser war aber nur kurz in unserer Kellerhöhe, es muss wieder gefallen sein, sonst hätte es nicht aufgehört zu rinnen."

Niemand antwortet ihr und in der Stille fällt einem der veränderte Geräuschpegel auf. Keine Vogelstimmen, nur starkes Rauschen von Wasser am Berghang, anders als gewohnt.

Zehn Personen sind jetzt die unmittelbar Betroffenen, die angespannt die Landschaft betrachten. Zu viel ist in der kurzen Zeit passiert, die Änderungen sind noch gar nicht allen ins Bewusstsein gedrungen und sicher kaum verarbeitet. Momentan zählt der Ist-Zustand, an das Später wird noch kein Gedanke verschwendet.

Am Haus von Gisela klettert Stefan mittlerweile mithilfe einer Leiter auf das dort befindliche Carportdach, um einen großen Baumteil zu entfernen, der sich da oben verkeilt hat. Sein Vater kommt ihm zu Hilfe und gemeinsam hieven sie den abgerissenen Ast nach unten. Katharina und Gisela, die in der Nähe stehen, springen schimpfend beiseite, aufspritzendes Wasser hat sie getroffen.

Karl diskutiert mit Michaela und Andy und ich höre Wortfetzen, ob bei ihnen nicht irgendwie eine Abdichtung möglich wäre und irgendetwas von Keller ausschöpfen oder so ähnlich.

„Wenn ihr schon dort oben seid", ruft Melanie jetzt neben mir laut zu den beiden auf dem Carportdach. „Könnt ihr mehr sehen?"

„Was meinst du?"

„Zum Wirt und zu dem Bauern."

Beide schauen jetzt zum ersten Mal mit mehr Aufmerksamkeit auf die überflutete Wiese. Beim Blick zum linken Waldrand zucken sie zusammen.

„Das Haus vom Wirt ist nicht mehr da!", ruft Hannes erstaunt.

„Was?"

„Das Haus ist nicht mehr da! Dort drüben muss es doch sein, oder?" Er deutet mit seiner Hand in eine Richtung schräg nach hinten. „Hilfe kommt auch keine, die ganze Zeit jetzt schon! Dieses verdammte Wasser da rund um uns!"

„Stefan, was könnt ihr sehen da oben? Beruhige deinen Vater!" Karl unterbricht, aufmerksam geworden, seine Diskussionen und bewegt sich die paar Meter auf die beiden zu.

Alle anderen schauen ebenfalls interessiert in die angesprochene Richtung und zum linken Waldrand. Von unserem Standort aus ist aber nichts zu sehen. Normalerweise ist das Gasthaus von Bäumen verdeckt und wir sind zu nah am Boden. Vom Badfenster im zweiten Stock aus wäre jetzt eine bessere Betrachtung möglich.

„Dort hinten ist kein Wald mehr und auch kein Haus! Wir sollten uns die Zeit nehmen und nachsehen gehen! Da stimmt etwas nicht. Ich gehe hin! Wer begleitet mich?"

„Kommt zuerst einmal runter, ihr beiden! Wir werden beraten."

Nach längerer Zeit sage ich auch wieder einmal etwas: „Ich glaube, wir alle müssen jetzt alles gemeinsam machen. Es ist zu viel passiert und wenn ich mir das Ganze hier betrachte, werden wir sicherlich einige Zeit auf uns alleine gestellt sein." Mein Blick richtet sich auf jeden Einzelnen. „Wir müssen zusammenhalten! Es wird nicht mehr lange Tageslicht sein und unser Haus ist das einzige mit fast gar keinen Schäden. Ihr kommt alle zu uns!

Oder, Melanie?" Meine Frau nickt stumm und ich fahre fort: „Wir haben kein Licht mehr und viele Taschenlampen wären hilfreich. Platz ist genug. Wir müssen uns gemeinsam einiges überlegen, so lange es noch hell ist. Funktioniert das Wasser noch? Einsammeln der Lebensmittel und aussortieren, verderblich, unverderblich, zum Beispiel. Wir brauchen einen Plan! Wenn ihr einverstanden seid, fangen wir gleich damit an!"

„Vom Ort, vom Bauern und vom Wirtshaus ist jedenfalls noch niemand zu sehen", meint Andy dazwischen. „Und uns habt ihr ja sowieso schon aufgenommen. Ich glaube auch, dass wir zusammenhalten sollten!"

„Beim Wirtshaus stimmt aber etwas nicht!" Hannes unterbricht und meldet sich wieder zu Wort. „Gisela bleibt da und ich werde mit Stefan einmal nach dem Rechten sehen. Wir kommen gleich wieder. Aber ich glaube, auch das ist wichtig!"

„Auch wir stimmen der Gemeinsamkeit zu. Wenn es euch nichts ausmacht, kommen wir tatsächlich zum Übernachten." Roswitha spricht auch für ihren Karl, räuspert sich und meint weiter: „Aber, Melanie, wir holen uns ein paar Sachen, dass dir nicht die ganze Arbeit bleibt."

Eine eigenartige Stimmung macht sich breit. Alleine die Tatsache, dass sich Leute, auch wenn sie sich schon ein bisschen länger kennen und nicht völlig fremd sind, so schnell verständigen können, lässt Mut aufkommen und gibt ein gutes Gefühl nach diesen Ereignissen. Ein Hauruck- und Jetzt-erst-recht-Erlebnis sozusagen. Gruppendynamik – immer besser als alleine.

Leider beginnt es wieder zu regnen. Die Wolken werden dichter und somit wird es im Freien auch wieder etwas dunkler. Gott sei Dank kein Wind mehr und auch kein starker Niederschlag.

Hannes und Stefan besprechen sich noch mit Gisela, bevor sie aufbrechen. Alle anderen einigen sich, in wenigen Minuten zur ersten Zusammenkunft mit ein paar Sachen wiederzukommen, und trennen sich, man könnte fast meinen, gut gelaunt, irgendwie befreit. Auch Michaela und Andy teilen uns mit, bei ihnen noch einmal alles zu kontrollieren und gleich noch einiges mitzunehmen.

Katharina schubst ihre Mutter in die Eingangstür und meint beinahe fröhlich: „Jetzt haben wir sie alle da. Aber ich glaube auch, dass das besser ist, man hat mehr Ablenkung." Ein bisschen nachdenklicher hängt sie an: „Hoffentlich ist es Christoph und allen anderen, die wir kennen, zumindest ähnlich gut gegangen wie im Prinzip uns in dieser Siedlung."

Melanie drückt Kati an sich, nimmt mich bei der Hand und sagt mit fester Stimme: „Ihr werdet sehen, alles wird gut! Es wird uns einmal vorkommen wie ein böser Traum und wieder in Vergessenheit geraten."

„Hoffentlich hast du Recht", meine ich und betätige den Lichtschalter, natürlich erfolglos. Auch mich hat die bessere Stimmung angesteckt.

Die Eltern, das Geschäft, die Arbeit. Hoffentlich hat sie wirklich Recht.

„Schauen wir von oben Hannes und Stefan zu?"

Gesagt, getan. Und aus dem Badfenster sind zum ersten Mal aus dieser Sicht die Veränderungen der Landschaft im hinteren Bereich zu sehen.

Merkwürdig, gegen den sonst gewohnten Ausblick, ist das fehlende Carportdach und rechts statt der großen Wiese bis zum Bachrand ein nun mit Baumresten aufgefüllter See. Das Bauernhaus, von hier oben gut zu sehen, aber für Einzelheiten zu weit weg, scheint zwar von Wasser umgeben, aber sonst unbeschädigt zu sein. Ob Tiere im Freien waren und wie es den Personen dort geht, ist momentan nicht feststellbar. Es ist auf jeden Fall niemand draußen. Auf der linken Seite ist tatsächlich der ganze obere Wald abgeholzt oder teilweise entwurzelt. Viele der Bäume liegen hier einfach quer über der Straße. Ein Vorankommen scheint für Hannes und Stefan schwierig zu sein, sie sind immer noch nahe der Einfahrt und umrunden gerade einen großen Stamm. Weiter hinten ist aber scheinbar Schlimmeres passiert, denn wo sonst in der Ferne, vom Bad aus schon oft betrachtet, normalerweise das Dach des Gasthauses zwischen hohen Bäumen durchleuchtet, ist jetzt nichts zu erkennen. Lediglich ein undefinierbarer Hügel scheint über die Straße zu reichen. Auch ist der Hang irgendwie anders, von oben abgebrochen und niedriger. Ein Erdrutsch.

„Um Gottes willen, der Wirt!", rufen Melanie und Katharina fast gleichzeitig. „Da oben hat es die Felsen gelöst und eine Schlamm- und Steinlawine muss das Haus getroffen haben!" Melanie hält sich entsetzt den Mund. „Was wird mit den Leuten dort sein?"

Von rechts kommen in diesem Augenblick die beiden Gestalten von Roswitha und Karl näher und statt einer Antwort auf die vorherige Frage, murmle ich: „Bleibt ihr da! Ich hole die beiden und zeige ihnen das Unglück! Ich bin sprachlos!"

„Karl!" Im Stiegenhaus rufe ich beim öffnenden Geräusch der Eingangstüre laut den Namen und bleibe wartend stehen. „Schnell, ihr müsst euch das ansehen!"

„Was ist?"

„Der Wirt!" Die beiden kommen mir im Stiegenhaus entgegen. „Oben im Bad. Schaut selber! Ein Felssturz! Ich glaube nicht, dass von dem Haus noch etwas übrig ist!"

„Echt?" Entsetzt bleibt Roswitha stehen.

„Geht weiter! Melanie und Katharina sind im zweiten Stock. Wir sollten Hannes jemanden nachschicken! Vielleicht kann man helfen?"

„Was gibt's?" In der Zwischenzeit ist auch Gisela mit einer Tasche hereingekommen und hat die letzten Worte mitbekommen.

„Wir sollten deinem Mann und deinem Sohn jemanden nachschicken! Die tun sich schwer bei der Verwüstung dort draußen. Ich warte unten auf euch."

Gisela gibt mir nickend ihre mitgenommenen Sachen in die Hand und bevor sie sich anschickt, den anderen zu folgen, sagt sie noch: „In den Keller ist nichts mehr nachgeronnen. Es ist gar nicht so schlimm. Aber, wenn irgendwie möglich, sollte das Wasser abgeschöpft werden." Dann verschwindet sie im Stiegenhaus, wo von weiter oben die aufgeregten Stimmen der noch dort Verweilenden zu hören sind.

Gedankenverloren stelle ich die Tasche neben die von Andy auf die Eckbank und setze mich daneben hin. Zum ersten Mal seit Mittag macht sich ein leichtes Hungergefühl bemerkbar.

Ein Felssturz. Ob es Überlebende gibt? Die Wirtsleute haben ja wahrscheinlich offen gehabt. Es hat sich nichts bewegt, was man so sehen konnte. Wir könnten Hilfe brauchen bei Andys Dach und dieser Sache dort drüben. So ein Glück bei uns! Bis auf die paar Glasscherben im Wintergarten und das bisschen Kamin, nichts kaputt. Was ist aber, wenn es keine Hilfe mehr gibt? Denke nicht so einen Unsinn, es wird nicht überall gleich eine Katastrophe gewesen sein. Aber wenn es woanders auch so ausschaut wie bei uns, kann es schon länger dauern, bis in dieses Tal wer vordringt. Und wenn es schlimmer war … An das will ich jetzt gar nicht denken.

Wir müssen uns organisieren! Wasser, Lebensmittel, die Frauen sollen sich was ausdenken und wir Männer werden, so lange es hell bleibt, Hannes nacheilen und danach alle etwas essen. Ich werde den Wasserhahn einmal ausprobieren und ver…

„Hallo? Sind wir die Einzigen?" Michaela und Andy sind wieder in der Küche und legen ein paar Taschenlampen auf den Tisch. „Ich habe noch schnell das Dach inspiziert. Sieht schlimm aus!", meint Andy weiter. „Wie soll man das reparieren können?"

Ohne zu antworten, habe ich den Hahn beim Waschbecken aufgedreht. Es kommt fast mit normalem Druck Wasser aus der

Leitung. Also müssen die Rohre vom Ort bis hierher noch in Ordnung sein. Das gibt Hoffnung.

„Wollt ihr auch einen Schluck?" Ich reiche ein Glas weiter. „Gott sei Dank funktioniert das Wasser! Zumindest jetzt noch. Ein Problem weniger. Oder kennt ihr euch mit abgekochtem Regenwasser aus?"

„Äh, du hast Recht."

Stimmengemurmel im Stiegenhaus unterbricht die kurze Antwort von Michaela. „Noch ist es hell", ist die Stimme Karls zu hören. „Einige sollten den beiden draußen nachgehen, das Haus ist tatsächlich weg. Wenn ein Vordringen bis dorthin überhaupt möglich ist …"

„Dachte mir gerade das Gleiche. Wir Männer gehen ihnen nach und die Frauen können in der Zwischenzeit die Kühlschränke leeren!" Ein Hustenreiz unterbricht meine Worte. „Überall nachsehen, was mit den Lebensmitteln ist, und vielleicht auch beginnen, das Wasser aus den Kellern entfernen."

Melanie kommt zu mir, gibt mir die Hand, schaut mich mit schiefem Blick an. Die krächzende Stimme und eine Lebensmittelplanung von mir? Seltsam.

Ich blicke ihr auch in die Augen und meine weiter: „Äh, heute ist keine Zeit mehr. Aber morgen, wenn in der Zwischenzeit nicht sowieso andere auftauchen, werden einige von uns versuchen, zum Ort vorzudringen und …"

Stefan und Hannes kommen plötzlich unerwartet in den Gang und unterbrechen meine Ausführungen. Jetzt braucht keiner mehr den beiden nacheilen. Unsere Überlegungen von vorhin erübrigen sich.

„Da ist kein Weiterkommen! Überall liegen diese ausgerissenen Bäume vor einem und seitlich ist schlammiger Dreck." Hannes steht ein Stückchen vor seinem Sohn und erklärt weiter: „Man müsste sich durchschneiden. Wir glauben außerdem, vorne beim Wirtshaus muss etwas passiert sein. Es ist …"

„Wir haben euch vom oberen Stock aus verfolgen können. Eine Schlammlawine!" Karl unterbricht Hannes, stockt ein bisschen und flüstert: „Wenn dort Hilfe nötig ist, was …"

„Unmöglich!" Stefan meldet sich zu Wort. „Schaut uns an! Wir müssen uns umziehen gehen. Mit normaler Kleidung ist da kein Fortkommen. Und auf der Wiese ist eine Senke und viel zu viel Wasser. Ich, wir waren nur ein kurzes Stück weiter und hatten ziemliche Probleme."

Ratlos blicken wir uns gegenseitig in die Augen. Die beiden sind wirklich über und über voller Dreck und werden wissen, was sie sagen. Ein Problem mehr.

„Was können wir machen?" Melanie spricht für uns alle, was wir denken.

Nach kurzem Zögern meine ich: „Eher momentan nichts. Es wird bald dunkel und wir wollen ja heute Abend zusammenbleiben." Eine Idee lässt mich lächeln. „Ich habe vorhin bei einer Wasserkontrolle bemerkt, dass noch alles funktioniert. Heute haben wir daher alle noch warmes Wasser und das sollten wir ausnutzen. Ich schlage vor, wir treffen uns in einer Stunde wieder bei uns!"

„Also, alle Taschenlampen wieder mitnehmen und zurück in unsere Tropfsteinhöhle!" Schmunzelnd richtet sich Michaela auf. „Braucht man für das warme Wasser nicht eine Pumpe?"

„Ich muss dir ehrlich sagen, ich weiß es nicht."

Die Brause hat funktioniert. Schwach zwar, aber funktioniert. Bevor wir heute weiterdiskutieren, ist es vielleicht hilfreich, wie anfänglich gedacht, eine Aufzeichnung der Ereignisse zu beginnen. Alles Mögliche kann in den nächsten Tagen passieren und eine Chronologie ist sicher nicht schlecht. Ich versuche es einmal.

Tagebuch: Tag 1

Ungefähr 15.30 Uhr: Berichterstattung in Fernsehen und Radio. Kein ausreichender Schmelzvorgang des Kometen bei Luftkontakt. Einschlag wahrscheinlich im Raum München. Restmasse unbekannt. Laut Satellitenbild und Reaktion der Fernsehsprecherin eine größere Katastrophe.

Ungefähr knapp 16 Uhr: Wie erwartet, plötzlich extrem starker Sturm mit begleitendem Wasserniedergang in horrender Stärke. Bei uns keine ernsten Schäden. Waldränder entwurzelt, Landschaft ziemlich zerstört, Hochwasser, wahrscheinlich See und Bach als Ursache.

Zirka 17 Uhr: Zusammenkunft aller Siedlungsanwesenden. Teilweise größere Schäden. Übereinkommen, sich zusammenzutun mit gegenseitiger Hilfe. Versuch, zum Landgasthof vorzudringen, gescheitert, wahrscheinlich Erdrutsch. Werden es morgen wieder versuchen. Bisher kein Kontakt mit anderen.

Geplant ab 18 Uhr: erster Abend zu zehnt. Werden weitere Vorgehensweisen diskutieren.

2

Wieder prasselt stärkerer Regen in den zerstörten Wintergarten. Missmutig stehen wir alle im Wohnzimmer vor der geschlossenen Terrassentür und schauen in das Chaos hinaus. Es war also kein böser Traum.

Ein einziger Lichtblick ist, dass trotz des Niederschlags der über Nacht gefallene Wasserpegel nicht wieder steigt und erneut eine Gefahr für unsere Keller wird. Ansonsten ist es schon eher trostlos, was unsere Augen betrachten müssen.

Auch der Bergkamm am Talende scheint entholzt zu sein, zwar waren dort oben immer schon einige kahle Stellen, nun ist aber nicht einiges, sondern alles frei und wirkt einfach anders. Auch am Ende der ehemaligen großen Wiese ist der Waldrand nicht mehr so, wie in Erinnerung.

Die, die vor unserem gemeinsamen Frühstück, mit zwei Gaskochern zubereitet, noch bei ihren Häusern nachgesehen hatten, sagten, dass es merklich kühler sei. Im Raum hier drinnen ist aber noch nichts davon zu merken. Viele Personen haben eben eine gewisse Heizwirkung.

Der Abend war, wenn nicht im Gedankenhintergrund immer die Ungewissheit über das Ausmaß der vergangenen Katastrophe in den Köpfen herumgeisterte, fast pfadfinderisch romantisch und ein starkes Zusammenhaltsgefühl kam auf.

Ein Plan für heute, gestern Abend bei Taschenlampen- und Kerzenlicht diskutiert, sieht vor, dass Andy und ich versuchen sollten, zum Ort vorzudringen. Andy schon wegen seiner Kinder und ich, weil der einzig verbleibende Mann, denn Hannes und Stefan bekamen den Auftrag, es noch einmal Richtung Gasthaus zu versuchen, und Karl, als Tischler mit einer motorbetriebenen Handsäge vertraut, sollte den Baum im Dach zerstückeln. Das geht jetzt aber nicht mehr, denn die Nässe dort oben ist zu gefährlich.

Also haben wir beim Frühstück beschlossen, Karl mithelfen zu lassen, die zwei Keller trocken zu bekommen, beim Haus von Michaela und Andy müssen wir auf schöneres Wetter oder auf andere Hilfe warten.

Apropos Hilfe … Kein Handy funktioniert und auch kein Radio mit Batteriebetrieb. Wir hoffen, dass dies lediglich auf nicht mehr vorhandene Masten zurückzuführen ist. Für satellitenbetriebene Geräte fehlt uns der Strom und Lang- oder Kurzwellen hat dieser Empfänger nicht im Angebot.

Ein Vorschlag, den Himmel nach Flugzeugen abzusuchen,

scheiterte bisher an dem schlechten Wetter und in die leer stehenden Häuser unserer Siedlung ist von der Arbeit abends niemand mehr gekommen. Vom Bauern und vom Wirtshaus bisher kein Lebenszeichen, ebenso nicht vom ungefähr fünf Kilometer entfernten Dorf. Dies ist aber bei den herrschenden Verhältnissen eher logisch und hat noch keine Aussagekraft.

Überall kann dieser Einschlag ja nicht die gleiche verheerende Wirkung gehabt haben wie bei uns. Gestern Abend wurden einige Szenarien durchgesprochen, ein 600- oder 700-Kilometer-Radius, meinetwegen, mit starken Stürmen, dann müsste es in Wien schon besser sein. Irgendwann kommt sicher Hilfe. Bis dahin wollen wir aber selber Taten setzen.

Zwischenbericht Gruppe eins:
Andy und Erich

„Jetzt haben wir eine halbe Stunde für lediglich ein paar hundert Meter gebraucht!"

Andy neben mir ist schnaufend stehen geblieben und bestätigt meine Worte mit einem Nicken. Beide sind wir über und über voller Dreck und uns ist in den gewählten regenfesten Bekleidungen ganz schön warm geworden. Hinten ist die Siedlungsreihe zu sehen mit dem Baum im Dach und einem vor unserem Wintergarten. Bisher konnten wir auf der Straße bleiben, wir mussten nur immer wieder liegende Stämme umrunden und dabei auf die Höhe unserer Gummistiefel achten, um nicht irrtümlich in der Wiese zu tief mit dem vorhandenen Wasser in Berührung zu kommen.

„Unangenehm, dieser Blick von hier!", ächzt Andy nach Luft schnappend. Er deutet auf die Vielzahl der teilweise übereinander liegenden, zerborstenen Bäume vor uns und meint: „Tiefer in die Wiese können wir nicht und über diese Stämme zu klettern, das wird schwierig. Was meinst du?"

„Dasselbe!" Ich muss lächeln.

„Was heißt: dasselbe?" Auch er schaut mich jetzt grinsend an.

„Na, dasselbe!"

„Orakle doch nicht so!"

Trotz der Veränderungen rund um uns können wir beide jetzt befreit lachen. Wie für unser Unternehmen vorherbestimmt, hat es auch zu regnen aufgehört und alles schaut sofort ein bisschen freundlicher aus. Wir werden rechts zum Gebirgsrand vordringen, dem Wasser in der Wiese damit entgehen und von dort versuchen, zum Sessellift voranzukommen. Sicherlich ein mühsames Unterfangen, aber momentan die einzige Möglichkeit.

Zwischenbericht Gruppe zwei:
Stefan und Hannes

„Da waren wir gestern schon." Stefan klettert auf einen Stamm vor ihm, um vielleicht das Stück höher irgendetwas vom Gasthof zu erblicken. „Das gefällt mir gar nicht. Ein paar Restmauern, wenn überhaupt, und sonst nichts. Tatsächlich ein Erdrutsch. Wenn dort jemand war, dann sind sie verschüttet. Ich weiß nicht, ob ich das sehen will."

„Wir sollen aber dorthin und werden es auch versuchen", antwortet Hannes skeptisch. Auch er blickt längere Zeit schon auf die Erhebung, die es vor ein paar Tagen noch nicht gab und die jetzt wahrscheinlich die Trümmer des Hauses beinhaltet.

Da der seitliche Bergrücken von nun an etwas näher zur Straße heranreicht, liegen leider auch mehrere entwurzelte Bäume verschiedenster Größe kreuz und quer. Mit den zerborstenen Ästen ineinander verkeilt, sind sie ein schwer zu überwindendes Hindernis. Daneben ist der Wasserstand auf der beginnenden Wiese zwar etwas tiefer als gestern, aber immer noch zu hoch, um den Weg dort fortzusetzen.

„Wir müssen irgendwie zum Bergrand gelangen", meint Stefan noch immer von seinem erhöhten Standort aus. Ohne Kopfschutz unterwegs, kleben ihm die Haare nass am Kopf, was ihn aber scheinbar nicht stört. „Halt, Papa! Schau mal dort rüber! Ich glaube, beim Bauern sind jetzt Leute draußen!"

Tatsächlich bewegen sich, auf die Entfernung als kleine Punkte sichtbar, mehrere Personen vor dem im Wasser stehenden Haus. Was dort getan wird, ist nicht erkennbar, und auf Rufe und Armwinken von Stefan erfolgt keine Reaktion. Es ist alles noch zu weit weg und ein Blickkontakt gegen den wahrscheinlich dunkleren Hintergrund wäre Zufall.

„Die Punkte entfernen sich vom Haus nach hinten. Was die wohl machen?"

Hannes, der jetzt ebenfalls auf den Baum geklettert ist, wischt sich den Schlamm von seinem Beinschutz und murmelt: „So ein Dreck! Es ist zum Kotzen! Gott sei Dank hat es jetzt zu regnen aufgehört. Auf jeden Fall wissen wir, dass dort jemand war und ist." Er richtet sich wieder auf und zeigt in die Ferne. „Schau, weiter hinten ragen Büsche aus dem Wasser! Vielleicht kann man von dort besser vorankommen? Wir müssen warten. Deine Idee ist gut. Wir versuchen es beim Bergrand."

Zwischenbericht Gruppe drei:
Melanie, Katharina, Michaela, Roswitha, Gisela und Karl

„Viel Wasser ist nicht mehr in eurem Keller." Melanie steht mit einem leeren Kübel neben Roswitha und Karl in deren Stiegenhaus. Von unten flackert das Licht von ein paar Kerzen herauf, die gerade noch genügend Helligkeit erzeugen, um an der Mauer den Pegelstand des gestrigen Wassereintrittes zu zeigen. Gut dreißig Zentimeter Hochwasser. Eigentlich eine Lappalie und kaum der Rede wert. Die Heizung und andere Geräte haben nicht gelitten, nur funktioniert die Anlage ohne Strom sowieso nicht und kann daher auch nicht getestet werden. Einige Sachen in Kästen sind unbrauchbar geworden und entsorgt worden, anderes wurde zum Trocknen in die oberen Räume gebracht und ausgebreitet.

Nachdem die beiden Männergruppen aufgebrochen waren, einigte man sich, mit der Entfernung des Wassers im ersten Haus zu beginnen und danach im zweiten Objekt mit den gleichen Arbeiten fortzufahren. Eigentlich wollte Karl den Baumstamm im Dach von Andy und Michaela zerkleinern, das schlechte Wetter machte ihm jedoch einen Strich durch die Rechnung und so sollte er notgedrungen ebenfalls beim Wasserschöpfen mithelfen. Da jedoch fünf Frauen mit Fetzen und Eimern ein Einsehen mit Karl hatten, schickten sie in hinaus, der Zaun und anderes seien ebenfalls wichtig. Doch beim Betrachten der veränderten Landschaft wurde ihm kalt und er half dann gerne mit, vom Stiegenaufgang die gefüllten Kübel ins Freie zu befördern und zu entleeren.

„Wir sind jetzt gleich fertig. Es war nicht schlimm." Lachend gibt Melanie dem verdutzt dreinschauenden Karl den leeren Eimer in die Hand und meint weiter: „Du kannst dich gleich beim Nebenhaus anstellen. Gisela soll uns aufsperren."

„Gisela?"

„Was ist?"

„Aufhören da unten! Mach uns bei euch auf! Wir tun nichts lieber als Wasser schöpfen."

Drei kichernde Stimmlagen sind zu hören und im Anschluss die Antwort Giselas. „Katharina hat noch eine Kleinigkeit aus dem hinteren Kasten zu schlichten, Michaela hilft ihr dabei, aber wir kommen gleich. Macht eine kleine Pause und wartet auf uns!"

„Wartet auf uns …" Belustigt wiederholt Karl die Worte. „Wisst ihr was? Ich habe seit gestern noch gar nicht auf unsere Terrasse geschaut. Mal sehen, was dort alles kaputt ist." Er stellt den Eimer neben sich ab und gibt mit geöffneten Armen freundlich ein Zeichen, einzutreten.

Melanie, Roswitha und Karl selbst bewegen sich über den Kücheneingang durchs Wohnzimmer, in dessen Mittelpunkt ein dominanter Kachelofen steht, zum Ausgang. Rustikal eingerichtet, wirkt es sehr gemütlich bei den Hesters. Die Hand eines Tischlers ist nicht zu leugnen.

Vor ihnen überall herumliegende Scherben von ehemals großen Keramiktöpfen, vermischt mit Erde und Pflanzenteilen, einige Bretter vom Zaun zur Grundgrenze, dies ist der erste Eindruck beim Blick ins Freie, den die drei vom Fenster aus haben.

„Schaut, der Baum vor unserem Wintergarten!", ruft Melanie ärgerlich. „Karl, kannst du die Türe aufmachen? In der Wiese ist immer noch Wasser. Ihr seid tatsächlich um einiges niedriger als wir. Ich war so selten da drüben draußen."

„Weil ihr nie Zeit habt", meint Roswitha und ringt sich ein Lächeln ab. Ganz spurlos sind die Ereignisse seit gestern nicht an ihr vorübergegangen. Etwas blasser als sonst, wirken ihre dunklen Haare noch dunkler, wahrscheinlich fehlt die morgendliche Dusche. Auch macht sie sich Sorgen, immer wieder ist ihr Blick abwesend und nach innen gerichtet. Aber es geht uns allen so, wahrscheinlich. Gisela zum Beispiel ist übertrieben aufgedreht und überspielt ihre mulmigen Gefühle auf diese Art. Michaela hat eindeutig Angst um ihre Kinder, kein Wunder, sie ist eigentlich die Tapferste von uns. Das Haus total beschädigt und keine Nachrichten. Wir haben ihr gestern Abend alle gut zureden können und sie ein bisschen beruhigt, noch ist niemandem klar, wie viel geschehen ist, und das nervt.

„Hier schaut es vielleicht aus!" Karl hat die Türe geöffnet und ist ins Freie getreten. „Wir haben gestern überhaupt nicht über Versicherungen gesprochen. Hat jemand einen Fotoapparat? Die Autos, die Dächer, wir richten vieles her oder verändern zumindest einiges. Später haben wir dann Probleme mit der Dokumentation. Ganz gleich, was passiert ist, Fotos müssen her!"

„Ich habe einen Fotoapparat." Melanie meldet sich zu Wort. „Du hast Recht. An das hat niemand gedacht. Jetzt haben wir euer Wasser schon weg, aber an den Wänden sieht man den Rest noch. Ich werde den ganzen Ist-Zustand der gesamten Anlage knipsen, überall. An das hat wirklich niemand gedacht. Ich hole den Apparat. Lasst bitte alles so liegen, wie es ist! Ich komme gleich wieder."

Gruppe eins:
Andy und Erich

„Es ist ein Wahnsinn, diese zersplitterten Bäume, man kommt nicht weiter!" Andy drückt einige Äste beiseite und schaut mich dabei vorwurfsvoll an. Verschwitzt und über und über voller Dreck machen wir einen nicht gerade frischen Eindruck. „Diese Kletterei ist mühselig. So kommen wir nie bis zum Ort."

„Weil auch überall diese abgebrochenen Teile herumliegen." Seufzend bestätige ich seine Bemerkungen.

Es ist am Rand auch nicht besser geworden, eher noch schwieriger, da jetzt die natürlich gewachsenen Büsche zusätzlich den Weg erschweren. Der Boden ist von den Niederschlägen aufgeweicht und vom Sturm verändert, morastig und schlammig. Das einzig Angenehme: Es ist von oben her wenigstens trocken.

„Wenn ich mich nicht täusche, der Parkplatz von dem Sessellift müsste doch schon langsam vor uns auftauchen. Ich mag nicht mehr!" Andy setzt sich auf einen Stamm. „Wenn es im Ort vorne genauso ausschaut, kein Wunder, dass wir niemanden sehen. Ohne Hubschrauber kommt man da nicht vernünftig weiter. Haben die überhaupt Bagger in der Niederlassung stehen?"

„Ich glaube nicht. So weit mir bekannt ist, sind die Erdbewegungsfirmen alle vor dem See. Aber wieso fragst du so einen Unsinn?"

„Wieso Unsinn? Wenn diese Maschinen vorhanden wären, könnte man sie hören und …"

„Aber jetzt doch noch nicht. Denke einmal! Wir sind noch weit weg von der Hälfte. Und überall ist dieser Wald. Da dringt kaum ein Geräusch durch. Überleg dir lieber, wie wir schneller vorankommen können!" Unwirsch setze ich mich jetzt auch auf den am Boden liegenden Baum. Wir sind etwas ausgepowert. Andy wirkt verwildert mit seinem struppigen Bart, ich schaue wahrscheinlich auch nicht viel besser aus und die Situation tut ihr Übriges. Wir brauchen eine Pause.

„Wie weit wollen wir überhaupt voran?"

„So weit wie möglich. Am besten bis zum Ort, wie ausgemacht." Andy erhebt sich hustend und haut mir auf die Schulter. „Du wirst doch nicht schlapp machen?"

„Nein, aber ich bleibe jetzt trotzdem ein paar Minuten hier. Das würde dir übrigens auch nicht schaden."

Widerwillig setzt sich Andy und meint nach einiger Zeit: „Diese Schäden rundherum! Man kommt gar nicht mehr zum Denken. So ein Pech! Ausgerechnet bei uns muss dieser Baum im Dach stecken. Wer soll das ausbessern? Ob Karl schon daran herumschneidet?"

„Möglich."

„Michaela und ich haben gestern Abend, bevor wir zu euch gekommen sind, mit Planen so gut es ging eine Abdichtung vorgenommen, die tatsächlich gewirkt hat." Gedankenverloren schaut er in die Ferne, streicht sich über den Mund und berichtet weiter: „Heute, vor unserem Aufbruch, begann es schon aufzutrocknen. Die werden hoffentlich auch bei uns helfen."

„Andy, wieso bist du so skeptisch? Natürlich helfen wir alle bei euch mit." Ich stehe jetzt wieder auf und lege eine Hand auf seine Schulter. Er kann so traurig wirken, sein Bart, wie ein Teddybär. Ich will ihn irgendwie trösten. „Es tut mir leid, dass du am meisten leiden musst. Wir helfen natürlich zusammen.

Wir wissen ja noch nichts. Ich glaube, dieser Sturm hat im weiten Umkreis schwerere Schäden hinterlassen, als wir vielleicht glauben, und der Regen war auch nicht so ohne. Wer weiß, wie lange wir auf uns alleine gestellt sein werden?"

„Glaubst du an Schlimmeres?"

„Nein, ich hoffe nicht, aber es ist nicht auszuschließen. Alles ist möglich. Katastrophenschutz haben wir keinen gesehen."

Andy erhebt sich rekelnd und murmelt leise: „Komm, gehen wir weiter!"

Gruppe zwei:
Stefan und Hannes

„Ich glaube, wir sollten wieder ein bisschen tiefer in Richtung Straße vordringen." Stefan steht auf einem kleinen Felsen und blickt um sich. Viel ist nicht zu sehen, in diesem Teil ist der Wald sehr dicht, aber dafür auch vom Sturm kaum beschädigt. Sie mussten sich lediglich zwischen Bodenlaub und eng beisammen stehenden Stämmen vorbeizwängen. Es ging wesentlich besser voran als die ganze Zeit vorher.

„Wir können aber auch so weiterlaufen. Irgendwann muss es anders werden und der Erdrutsch sichtbar sein." Hannes hat sich neben seinen Sohn auf den Stein gestellt und schaut sich ebenfalls das Umfeld an. Viel ist tatsächlich nicht zu sehen, nur Laub, Äste und Stämme. Kein Blick ins Freie.

„Ich fürchte mich davor, dort das zerstörte Haus zu begutachten. Es ist doch zerstört, oder?" Stefan murmelt diese Frage mit Blick auf seine Figuren zeichnenden Füße am Boden.

„Es sieht so aus. Aber wissen tun wir es erst, wenn wir dort sind. Komm, trödeln wir nicht mehr!"

Sie verlassen den Stein und bewegen sich vorsichtig am schrägen Berghang weiter. Immer wieder halten sie sich bei schlanken Stämmen an und hieven sich so vorwärts. Der Boden ist aufgeweicht und sehr rutschig. Es ist gut, dass hier so viel unzer-störter Jungwald ist und sie sich abstützen können, sonst wären Stürze unvermeidlich.

Nach kurzer Zeit wird es heller und der Boden auch gerader, sie sind weiter unten beim Ausläufer des Hanges angelangt. Jetzt versperren umgestürzte Bäume den Weg. Hier hat der Sturm gewütet.

Plötzlich ändert sich der Untergrund. Steine und loses Geröll erschweren das Vorankommen, die beiden müssen sich beim Hochklettern am Boden abstützen und sinken immer wieder bedenklich ein. Es sind keine Pflanzen mehr, die hinderlich sind, sondern zersplitterter Fels, vermischt mit Wasser und Erde.

„Man kann noch nichts sehen, aber das muss der Erdrutsch sein." Hannes schiebt Stefan von etwas weiter unten hilfreich nach oben. Langsam kommen sie mit gegenseitiger Unterstützung voran. Über ihnen ist kein Laub mehr und der von dunklen Wolken bedeckte Himmel ist zu sehen. Auch kann man links den veränderten Berg-rand erkennen, der jetzt mit freier Sicht deutlich ins Bild kommt. Wie bei einer Zahnlücke fehlt ein Stück Masse, die sich ins Tal ge-wälzt haben muss, einfach abgebrochen und alles mitgerissen, was ihr im Weg war. Ein paar Bäume haben dem Druck standgehalten und ragen vereinzelt aus dem hellen Untergrund.

Am obersten Punkt angekommen, ist beiden klar, dass es sich tatsächlich um einen ungefähr 100 Meter breiten Erdrutsch han-delt, der unglücklicherweise genau das Landgasthaus getroffen hat und außer einer Seitenmauer nichts stehen ließ. Kein Dach, kein Haus, nichts ist mehr da. Nur eine breite Geröllhalde, die über die Straße noch ein Stück in die Wiese vorgedrungen ist. Einige Mauerreste mit zersplitterten Einrichtungsgegenständen liegen herum.

„Ich fasse es nicht!" Stefan hält sich an der Jacke seines Va-ters an und schaut irritiert nach unten. „Eine Steinlawine. Alles weggerissen. Da gibt es keine Hilfe mehr. Die Wirtsleute?"

„Sehr bedenklich", antwortet Hannes mit schwerer Stimme. „Ein ungutes Gefühl. Ich glaube auch, wenn das Gasthaus offen war, gibt es niemanden mehr. Lass uns näher treten und genauer nachsehen!"

Nach der Hälfte des Weges bis zu den Resten des Hauses wird der Blick die Straße entlang frei und sie bemerken nicht mehr allzu weit weg drei Personen, die schwerfällig und langsam näher kommen. Jetzt bleiben sie stehen, man ist gegenseitig aufmerksam geworden.

„Hallo!" Stefan winkt laut schreiend mit den Armen.

Auch die anderen brüllen nicht Verständliches wild gestikulierend.

„Hallo, wer seid ihr!"

„Die verstehen dich noch nicht. Aber sie haben uns gesehen. Das sind wahrscheinlich die Leute vom Bauernhof." Hannes nimmt Stefans Arme und beruhigt ihn. „Schau, sie deuten zu dem Gasthofrest! Wir sollen dort hin. Das hatten wir sowieso vor."

Beide Gruppen bewegen sich jetzt flotter. Beim Näherkommen ruft einer von den dreien: „Hallo, seid ihr von den Reihenhäusern?"

„Ja, ja." Stefan ist vom schnelleren Gehen etwas außer Atem und Hannes antwortet gleich gar nicht. Sie sind kurze Zeit später bei den Resten des Hauses und beginnen sich umzusehen.

Zwei, drei Meter höher als ursprünglich ist der Grund mit Geröll und zersplitterten Baumstücken aufgefüllt, einige größere Felsstücke sind hier liegen geblieben oder von den Hausteilen aufgehalten worden. Die ursprüngliche Fassade ist nicht mehr vorhanden oder teilweise von dem Schutt begraben. Auch der frühere Parkplatz ist nicht mehr da.

„Hallo, wie ist es euch ergangen?" Die drei Näherkommenden haben die ehemalige Straßenhöhe erreicht. Es handelt sich um zwei Männer und eine Frau und sie sind, wie vermutet, vom nahen Bauernhof hierher aufgebrochen. Der Weg muss beschwerlich gewesen sein, ihre Kleidung ist vollkommen durchnässt und verschmutzt, teilweise sogar zerrissen.

Der jüngere der beiden Männer ist ein Stückchen vorweg und ruft die Frage schwer atmend die fehlenden zwanzig Meter nach oben: „Ihr seid doch Leute von dort drüben? Was ist mit den Wirtsleuten?"

„Hallo, ihr kommt wahrscheinlich vom Bauernhof. Wir haben euch vorhin beim Weggehen beobachtet. Wir sind auch jetzt erst eingetroffen, wir wissen es nicht. Kommt zuerst einmal alle herauf, dann reden wir weiter!" Hannes hat sich zu Wort gemeldet und setzt sich seufzend auf einen größeren Stein. Stefan tut es ihm gleich, beide warten neugierig auf die Personen, die langsam näher kommen.

„Hallo!" Jetzt findet ein Erkennen statt und man schüttelt sich die Hände. Bei einigen Festen im Dorf waren kurze Worte getauscht worden und der Sohn ist zwei Mal im Jahr beim Mähen der großen Wiese mit seinem Traktor für das Gras zuständig und daher Hannes und Stefan nicht fremd.

„Was ist mit euren Tieren? Wir haben gesehen, dass hohes Wasser ist." Hannes hält noch immer die Hand des älteren Bauern und blickt ihm ernst in die Augen.

„Es war schlimm. Einige meiner Rinder sind tot. Der Stall ist etwas höher, aber trotzdem ist überall Wasser. Das ist nicht gut. Außerdem glaube ich, dass es viel kälter wird. Wieso kann der See so weit übergehen?"

„Und das Haus?"

„Teilweise beschädigt von dem Sturm. Wir haben die Sirenen gehört. Was war das?"

„Wisst ihr das nicht? Der Komet, ein Einschlag!"

„Also doch. Meine Frau hat so etwas vermutet. Wir haben zum Fernsehen keine Zeit und waren bei den Tieren, bis die Sirenen kamen." Stirnrunzelnd fährt er fort: „Mein Sohn wollte noch in den Ort fahren, zur Feuerwehr. Gerade als er startete, begann dieser grauenhafte Sturm. Es hat ihn zehn Meter in die Scheune geschleudert. Gott sei Dank ist nicht mehr passiert! Aber was ist mit diesem Haus?"

„Da ist keines mehr." Hannes setzt sich jetzt wieder auf den Stein.

Fassungslos betrachten die Neuankömmlinge die Mauerreste und die Frau zeigt entsetzt auf das halb aus dem Geröll herausragende Auto etwas weiter unterhalb.

„Sie sind da gewesen! Sie müssen verschüttet sein! Meine Theresa, oh Gott, oh Gott!"

Ihr Mann nimmt sie in die Arme und flüstert eindringlich: „Beruhige dich, beruhige dich! Wenn sie verschüttet sind, kommt jede Hilfe zu spät. Ein Steinschlag, Hochwasser! Was kommt noch alles?"

Stefan macht räuspernd auf sich aufmerksam und versucht eine Antwort: „Wahrscheinlich ist weiter unten der Wald noch mehr abgeholzt als hier, die Staustufe hat nicht mehr funktioniert und es muss sich beim Abfluss ein zusätzliches Hindernis gebildet haben, sonst könnte das Wasser nicht bis hierher gelangen. Der Bach alleine war sicher …"

„Genau!" Der jüngere Bauer fällt Stefan ins Wort. „Genau, der Bach kann nicht alleine schuld sein! Ist bei euch auch Wasser?"

„Ist wieder gesunken. Das ist nicht das Schlimmste."

„Sondern?"

„Der Sturm, die vielen entwurzelten Bäume und …" Hannes hat sich in das Gespräch gemischt und wird gleich vom Landwirt, der seine Frau noch immer tröstet, unterbrochen.

„Entschuldige, das haben wir gesehen, viele Bäume und die Ränder völlig verändert. Habt ihr Kontakt zu anderen Leuten oder etwas vom Ort gehört? Wir hatten schon Probleme, bis hierher zu kommen. Die Natur wird sich ändern."

„Wir haben uns, die, die da waren, alle sind es nicht, so gut es ging organisiert." Hannes hat sich bei dieser Antwort beinahe verhaspelt, unterbricht kurz, um schmunzelnd weiterzureden: „Es klappt, wir helfen uns. Aber es funktioniert nichts mehr, vieles ist kaputt und die Ungewissheit! Zwei sind gerade unterwegs, getroffen haben wir noch niemanden bisher."

Seit den letzten Sätzen begutachten Stefan und der jüngere Bauer gemeinsam die Mauerreste. Sie haben sich kurz entfernt, finden aber dort keine Lücke in dem Schutt und kehren betroffen zu der Gruppe zurück.

„Ohne schweres Gerät kann man da nichts ausrichten. Wir sollten wieder nach unseren Tieren schauen. Was meinst du, Vater?"

„Wird gut sein. Wir helfen uns zurzeit noch selber. Die Stube ist trocken und das Wasser sinkt. Wenn sich etwas ereignet, wir halten Kontakt!"

Gruppe drei:
Melanie, Katharina, Roswitha, Gisela, Michaela und Karl

„Lächeln! Spaß beiseite, ich knipse euch gar nicht." Melanie steht wieder im Garten der Familie Hester und richtet einen mitgenommenen Fotoapparat auf die Gruppe jetzt im Freien stehender Personen, die sich während ihrer Abwesenheit alle hier versammelt haben.

Gisela, Michaela und Katharina sind vom Keller nach oben gekommen, Roswitha und Karl waren vorher schon draußen und betrachten die Schäden rundherum. „Wie soll ich vorgehen? Gib mir einen Tipp, Karl!"

„Fange gleich bei euch an! Der Zaun ist eh nicht mehr da. Der Wintergarten schaut von hier schlimm genug aus. Fotografiere alles, innen und außen! Da hast du jetzt länger zu tun. Ich werde mir eine Leiter holen und auf euer Dach klettern, es regnet schon einige Zeit nicht mehr." Sein Blick richtet sich auf Michaela, die er mit *euch* meint, und nach einer kürzeren Pause fährt er fort: „Gisela, bei eurem Keller helfen wir später alle zusammen. Ich möchte wirklich das bessere Wetter ausnutzen. Mein Schatz, du bleibst bei mir! Und ihr drei sucht mit Melanie alle möglichen Schäden! Auf geht's!"

„Gut." Melanie richtet sich abrupt auf. „Kommt alle mit mir. Wir machen eine Dokumentation. Michaela, bei euch beginnen wir. Karl kann von außen, wenn er auf dem Dach ist, ein paar Fotos machen."

- Bild 1: *Haus Michaela und Andy*
  Seitenwand: Sturmschäden, teilweise Putz abgeschlagen und stark verschmutzt; Gartenzaun zerbrochen und Baum- und Pflanzenteile am Grund
- Bild 2:
  Terrasse, Zaun zerschlagen, Gartenpflanzen zerstört
- Bild 3:
  Stiegenhaus nach oben: Seitenwände von Wasser durchweicht
- Bild 4:
  Stiegenhaus nach unten: mit Wasser bis zum Treppenrand gefüllt, der komplette Keller geflutet
- Bild 5:
  Wohnzimmer und Küche: wieder aufgetrocknet, aber Wasserrand noch zu sehen
- Bild 6:
  Erster Stock: alle Wände nass, alle Möbel betroffen
- Bild 7:
  Dachgeschoss: komplett zerstört, Baumteil bis zur Hälfte im Dach, mit Planen umwickelt, Gipswände teilweise abgebrochen, Schlafzimmer und Badeinrichtung unbrauchbar

- Bild 8:
  Dach von außen: Baumreste mit Dachschindeln vermischt, Kamin abgeschlagen, notdürftig abgedichtet
- Bild 9: *Nachbarhäuser*, Besitzer nicht anwesend
  Blick über Zufahrt und weggerissene Carports nach unten
- Bild 10: *Haus Melanie, Katharina und Erich*
  Pflanzenteile auf Zufahrt, Seitenzaun weggerissen, Vordach samt halben Stehern weg, Mistkübelverbau zerstört
- Bild 11:
  Terrasse nach außen: Wintergarten, Glas zerbrochen, Einrichtung von Baumteil beschädigt, Teichverbau zerdrückt
- Bild 12:
  Garten von außen: beide Zaunreihen von abgerissenen Pflanzen zerstört, Wasser an der Grundgrenze, Baumrest im und am Wintergarten, Dachrinne ausgehängt oder abgebrochen, mit Nachbargrund verhängt
- Bild 13:
  Obergeschoss: Kaminverkleidung abgerissen und lose, teilweise Dachschindeln beschädigt
- Bild 14:
  Autos von Sturm zusammengeschoben, Blechschäden
- Bild 15: *Haus Roswitha und Karl*
  Keller: Wasserreste, Möbelschäden
- Bild 16:
  Offener Kühlschrank und aufgetaute Gefriertruhe, Bild für alle, Lebensmittel
- Bild 17:
  Garten: Seitenzäune beschädigt, Pflanzenkübel zerbrochen, Wasser am Grund
- Bild 18: *Haus Gisela, Hannes und Stefan*
  Eingangsbereich, Wohnzimmer, Küche: Wasserreste

bereits aufgetrocknet, eingedrungen von außen, Teppichschäden
- Bild 19:
Keller: Wasserstand ungefähr vierzig Zentimeter, Möbelschäden
- Bild 20:
Gartenzaun abgebrochen, Baumteile, Pflanzen zerstört, Wasser bis Terrassentüre
- Bild 21:
Auto von Carportteil getroffen und hinten eingeschlagen
- Bild 22: *Nachbarhäuser*, Besitzer nicht anwesend
Hochwasser über Eingangsniveau
Bild 23:
Karl am Dach von Michaela und Andy mit Motorsäge
- Bild 24:
Katharina, Michaela, Gisela und Roswitha vor einer Leiter an der Seitenwand von besagtem Haus, alle freundlich lächelnd, ein schönes Foto, fast wie im Urlaub

Gruppe eins:
Andy und Erich

„Schau dir das an!" Andy schiebt die Äste eines Busches vor einer großen Lichtung beiseite. „Das muss der Parkplatz sein!"
Vor uns ist die ersehnte freie Fläche, von wo aus wir ein schnelleres Vorankommen erhofften. Rechts ist das Lifthäuschen, oder was davon übrig blieb, denn die ganze untere Abfahrtswiese *war* einmal eine solche, nun ist dort eine aufgerissene Geröllhalde, die einiges von dem Gebäude zerstört hat. Weiter oben wurden zwei Stützen unterspült und haben den Lift zum Einsturz gebracht.
„Jetzt ist hier auch der Weg mehr oder weniger versperrt. Das schaffen wir nicht mehr, so lange dieser Schlamm nicht aufgetrocknet ist. Wie sollen wir da rüber?"

Ich stehe jetzt auch kopfschüttelnd neben Andy und antworte irritiert. „Da rüber geht gar nichts, zumindest jetzt noch nicht. Da müsste es ein paar Tage trocknen. Unten die gefüllte Wiese und hier diese Barriere. Wir müssen den Berg hinauf!"

„Aber dann kommen wir heute nicht mehr zurück, wenn der Ort überhaupt erreichbar ist." Andy stützt sich bei mir enttäuscht ab und meint weiter: „Ich glaube, das können wir lassen. Den ganzen Weg bis zum Ort und wieder zurück, das wird zu spät heute. Ohne Nachricht. Es ist besser, wenn wir umkehren."

„Ich glaube auch."

„Schauen wir uns hier noch ein bisschen um und dann, ich habe Hunger, könnten wir unsere Jause (Zwischenmahlzeit, Snack, Imbiss) essen."

„Hm, klingt nicht schlecht. Du schaust und ich esse."

„Was?"

„Du schaust und ich esse."

Lachend blicken wir uns in die Augen.

Heute werden wir den Ort nicht erreichen, aber morgen müssen Kontakte hergestellt werden! Bis jetzt ist von den Häusern aus der Siedlung niemand bis hierher vorgedrungen. Wir waren die ganze Zeit alleine. Hoffentlich sind dort keine größeren Probleme.

„Hannes und Stefan sind seit einer Stunde da und hatten interessante Berichte. Ihr seht müde aus." Karl ist Andy und mir ein Stück entgegengekommen, mit ihm Michaela, die wahrscheinlich etwas über ihre Kinder erfahren will.

An Andys Schulter gelehnt weint sie jetzt, er tröstet sie liebevoll und redet ihr gut zu. Karl war am Dach der beiden beschäftigt, als er uns kommen sah und sich entschied, nicht zu warten. „Alle sind neugierig. Habt ihr Leute getroffen?"

Er hat den kurzen Bericht, den Andy seiner Frau gab, nicht gehört und daher antworte ich jetzt noch einmal für ihn: „Wir waren nicht viel weiter als beim ehemaligen Skilift. Ich meine *ehemals*, weil dort alles kaputt ist. Eine Schlammlawine hat einige Träger zerstört und das untere Haus." Karls schiefer Blick lässt mich unbewusst lächeln. Nach einer kurzen Unterbrechung erzähle ich weiter: „Um in den Ort zu gelangen, muss man über den Bergkamm ausweichen. Eine halbe Stunde sind wir nach oben geklettert, dann war uns gefühlsmäßig das Aufhören lieber. Wir mussten ja wieder zurück. Ich berichte euch allen noch einmal, wenn wir uns zusammensetzen. Wir haben niemanden getroffen."

Andy ist näher getreten und meint zögerlich zu Karl gewandt: „Hast du am Dach etwas ausrichten können? Der Baum schaut zerstückelt aus."

„Ein bisschen, aber ich brauche Hilfe. Alleine geht das nicht. Wir machen uns etwas aus. Kommt, gehen wir zurück!"

Der quer liegende Baum in unserem Garten, die vielen Pflanzenteile in der noch immer überschwemmten Wiese, die eingedrückten Gartenzäune, der Baumrest in Andys Dach – ein unangenehmes Gefühl!

Beim Näherkommen fällt mir auf, dass das Wasser im Vergleich zu Vormittag ein bisschen gesunken ist, und ich richte eine Frage, aber über ein anderes Thema, an Karl: „Du hast zuerst kurz Hannes und Stefan erwähnt. Was war los?"

„Sie haben die Leute vom Bauernhaus getroffen. Das Wirtshaus ist verschüttet."

„Und?"

„Wahrscheinlich begraben. Tragisch! Wir wissen es nicht. Zwei Meter Geröll oder mehr. Schlimm!"

„Und bei den Bauern?"

„Hochwasser, wird aber stündlich besser, außer das Wetter ändert sich wieder. Sie kommen zurecht. Hannes soll euch berichten."

„Kannst du mir bitte den Salzstreuer reichen?" Katharina lächelt mich bei dieser Frage an.

So höflich kenne ich meine Tochter gar nicht. Neben ihr sitzt ihre Mutter und mir gegenüber Michaela und Andy. Die beiden bleiben auch diese Nacht bei uns, die anderen sind vor ungefähr einer halben Stunde nach einer längeren Besprechung und nach dem Erzählen der gegenseitigen Erlebnisse wieder in ihre Häuser gegangen. Man wird sich morgen zu einem gemeinsamen Frühstück treffen, das hat sich bewährt.

Der Kachelofen gibt angenehme Wärme und einige Taschenlampen, am Leuchter über dem Esstisch befestigt, erzeugen ein seltsames Licht.

Es hat am Nachmittag nicht mehr geregnet, aber die Temperaturen sind deutlich gesunken. Beinahe schon kalt ist es geworden, fröstelnd.

„Lebensmittel haben wir noch genug. Wir haben sie gleichmäßig aufgeteilt. Einiges Verderbliches wurde weggeschmissen, aber …" Michaela unterbricht ihre Ausführung und meint: „Hier hast du! Dein Vater reagiert gar nicht." Sie gibt Katharina das Gefäß mit dem Salz.

„Äh, entschuldige!" Ich muss lächeln. „Aber ich bin mit den Gedanken woanders. Wenn die Umstände nicht so ungut wären, es ist angenehm, mit euch hier beim Essen zu sitzen."

„Mein Mann wird romantisch." Melanie meldet sich zu Wort und Michaela kichert leise. Ihr geht es etwas besser. Die Tatsache, dass beim Bauernhof heute Kontakt zu Leuten entstand, hat ihr geholfen.

Auch Andy ist zuversichtlicher, die Schäden am Dach und die Ungewissheit um die Kinder werden schon leichter genommen. Der erste Schock scheint überwunden zu sein.

„Wisst ihr was?" Melanie schaut reihum. „Wie lange dauert es, bis Wasser in einem größeren Gefäß im Kachelofenherdteil warm wird?"

„Wieso?"

„Wir könnten Wasser in die Badewanne einlassen und pärchenweise baden."

„Und ich?" Katharina schmunzelt verschmitzt.

„Du gehst alleine, wenn es funktioniert."

Es hat funktioniert, zeitaufwendig zwar, aber die drei Stunden Dauer, bis der Letzte, in diesem Fall die Letzte, Katharina, wieder im Wohnzimmer war, sind niemandem abgegangen. Das Baden war angenehm. Jetzt sitzen wir gemütlich im Wohnzimmer bei Kerzenlicht und einmal ohne Fernseher und haben die Frechheit besessen, trotz der widrigen Umstände eine Flasche Wein aufgemacht zu haben.

„Kann jemand versuchen, die Folgen des Kometeneinschlages zu erläutern? Oder haben wir etwas Schriftliches in den Regalen?" Melanie schaut mich an.

„In der Finsternis suche ich nicht mit Taschenlampen Buchtitel, aber dein Wunsch sei mir Befehl, Mel!" Ihr typischer Augenaufschlag, wenn ihr etwas nicht passt, lässt mich und die drei anderen lächeln.

Andy schaut zu mir und ich zu ihm, nach kurzem Zögern meint Michaela mir gegenüber: „Nun fang schon irgendjemand von euch an!"

„Also gut, unterbrecht oder ergänzt mich, wenn euch danach ist. Ich versuche es einmal."

Ich werde jetzt einfach aus der Erinnerung von gelesenem Material Verbindungen herstellen, es muss ja nicht stimmen …

„Ein Brocken von ungefähr einem Kilometer Durchmesser, ein großer Berg, rast in die Lufthülle. Die Herren Wissenschaftler haben behauptet, der Eiskörper würde schmelzen und nichts bleibe über. Tatsache ist, es war kein Eis, sondern anderes Material. In den Nachrichten wurde über die Zusammensetzung nichts erwähnt. Ich habe nur eine blasse, stammelnde Sprecherin gesehen, der scheinbar Bilder nach dem Einschlag zugegangen sind. Hat von euch wer anderes beobachtet?"

„Nein."

„Also gut, weiter! Nehmen wir an, die Hälfte, vielleicht auch mehr, ist geschmolzen, dann ist immer noch etwas Großes eingeschlagen – 200 Kilometer von hier entfernt. Wenig Material wird es nicht gewesen sein. Die geschockte Nachrichtenfrau hat von einem Untergangsszenario gesprochen, die Aufnahmen waren daher schlimm. Wenn es also ein großer Einschlag war, dann hatte er die Kraft von vergleichsweise sehr vielen Atombomben mit enormer Sprengwirkung und sich ringförmig ausbreitenden Luftwellen, wie bei einem Wasserring. Direkt und nahe dabei wird überhaupt nichts mehr stehen geblieben sein, das hat die Sprecherin wahrscheinlich gesehen. Ein Krater und Landschaftsveränderungen, fünfzig Kilometer im Umkreis womöglich, und eine Großstadt in der Nähe, da wird nicht mehr viel über sein. Eine riesige Katastrophe!"

„München! Wir haben Bekannte dort", unterbricht Michaela leise.

„Verfolgen wir die Sache weiter. 150 bis 200 Kilometer Luftlinie, der Orkan war bei uns ungefähr zwanzig Minuten nach dem Einschlagleuchten am Himmel, 200 bis 300 Stundenkilometer Windgeschwindigkeit im Schnitt, genaue Daten wissen wir nicht, aber ausgerissene Bäume an unseren Gebirgsrändern lassen diese Stärke auch vermuten. Hoffentlich ein bisschen weniger. Wie viel Wind Häuser aushalten? Hoffentlich viel. Unser Geschäft und so weiter. Ich mag gar nicht daran denken."

Katharina richtet sich auf und stoppt meinen Redefluss. „Unsere Großeltern, mein Freund, meine Studienkollegen, alle! Was ist, wenn …"

„Nein, Katharina, nein!" Meine Frau mischt sich in das Gespräch und möchte beruhigen. „Sie waren rechtzeitig gewarnt und alle geschützt. Es wird wahrscheinlich vieles nicht mehr

so sein, wie gewohnt, aber es sind genug rettende Einsatz-
kräfte möglich und 200 Kilometer Entfernung müssen bereits
abschwächend wirken."

„Warum ist dann bei uns noch niemand aufgetaucht?" Andy
richtet diese Frage an uns alle.

„Später. Lass mich weiterspinnen! Also, enormer Wind und
fast gleichzeitig, zumindest bei uns, dieser wahnsinnige Regen.
Hochwasser, Muren, alles Mögliche, wir haben es gesehen. Ein-
satzkräfte werden daher gebunden sein und noch nicht so schnell
herkommen. Das bereitet mir die wenigsten Sorgen, weil man
ja auch davon ausgehen kann, je weiter weg, desto schwächer
die Wirkung und daher auch Hilfe. Wir müssen schauen, was
mit unserem Ort passiert ist, auch dort sind viele Leute, die sich
helfen können. Die Landschaft hat sich wirklich sehr verändert
und es ist erst ein Tag vergangen, darum ist auch noch niemand
vorgekommen. Die werden andere Sorgen haben. Fahren kann
man nicht mehr. Morgen müssen wir einfach den ganzen Tag
unterwegs sein und eventuell eine Nacht wegbleiben. Anders
geht es nicht."

„Was meinst du mit *anders geht es nicht*?" Melanie hat mich
wieder unterbrochen.

„Wir werden uns morgen alle besprechen. Ich meine, am besten drei von uns, Karl braucht eine männliche Hilfe und soll
am Dach weiter reparieren. Und an einem Tag kommt man
nicht hin und retour, also übernachten. Einige Häuser werden
sicherlich noch vorhanden sein."

„Du machst mir Angst!" Michaela hat sich zu Wort gemeldet
und schaut unsicher zu ihrem Mann, der ihr aber mit einem
Kuss gleich den Wind aus den Segeln nimmt und sie beruhigt.
Danach blickt Andy in die Runde und sagt: „Er meint es nicht
so. Aber es ist richtig. Ich habe heute Schwierigkeiten gehabt,
überhaupt bis zum Lift zu kommen. Hin und zurück bei diesen
Zerstörungen an einem Tag? Eher nicht möglich."

„Genau. Und darum übernachten wir dort irgendwo. Wenn ihr es wisst, braucht keiner ein ungutes Gefühl haben, und es gibt dann endlich Gewissheit, was im Ort los ist. So, jetzt stoßen wir aber mit diesem Tröpfchen einmal an!" Mit einem Glas in der Hand deute ich zuerst meiner Frau und dann allen anderen freundlich zu. Das Kerzenlicht wirft eigenartige Schatten an die Wände. Eine gemütliche Stimmung, wenn nicht …

Tagebuch: Tag 2

Nach einem gemeinsamen Frühstück mit Arbeitsbesprechung Aufteilung in drei Gruppen mit Start um 10.00 Uhr.

Gruppe 1: Andy und ich, mühsames Vorankommen bis zum Sessellift, gewaltige Flurschäden, Straße nicht benutzbar, Hangrutsch beim Lift mit beschädigten Stützen und morastigem unpassierbarem Geröll. Haben seitlich am Hang weiter oben eine mögliche Stelle gefunden, den Weg zum Ort fortzusetzen. Wird aber mühsam sein.

Gruppe 2: Hannes und sein Sohn Stefan, Wiederholung des Versuches, zum Landgasthof vorzudringen. Steinschlag, wahrscheinlich keine Überlebenden, Kontakt zu Leuten vom Bauernhof am Rand der Wiese, Wasserschäden und Tierverluste dort, aber keine gefährliche Situation

Gruppe 3: Karl mit allen Frauen, beginnende Dachreparatur beim Haus eins, kaum Fortschritte, Dokumentation der Schäden in und rund um die Gebäude, Trockenlegen der Keller. Muss Karl erinnern, bei unserem Kamin nachzusehen und Ausbesserungen vorzunehmen.

Michaela und Andy bleiben diese Nacht wie gehabt bei uns. Vorher lange Besprechung der weiteren Vorgehensweise. Es ist deutlich kühler geworden. Hoffentlich kommt kein Regen mehr und hoffentlich erhalten wir bald Bescheid über das Katastrophenausmaß.

3

„Wer meldet sich noch freiwillig dazu? Andy und ich, das ist klar, wir haben von gestern einen Vorsprung, aber einen brauchen wir noch von euch zwei Männern."

„Wieso zwei? Was ist mit mir? Du deutest nur auf Hannes und Stefan." Karl ist mir ins Wort gefallen und äußert sich missmutig. Seine Laune scheint nicht die beste zu sein.

Wir sitzen, wie ausgemacht, beim Frühstück bei uns im Essbereich. Aus Platzgründen zuerst die Männer, nach uns werden sich die Frauen niederlassen. Sie wollten es so, wir hätten höflicherweise natürlich gewartet, ohne Strom dauert aber alles ein bisschen und die Zubereitung von warmen Getränken verzögert sich doch sehr. Jetzt sind die Damen im Freien und begutachten die über Nacht entstandenen Veränderungen, bedingt durch Wetterkapriolen.

Es hat sich eine dünne Eisschicht gebildet, es ist unnatürlich kalt geworden und wir sind froh, wenigstens mit Holz einheizen zu können. Eine klare Nacht begünstigte dieses Phänomen. Wahrscheinlich hat der sich ausbreitende Sturm nach dem Kometeneinschlag die Luftdruckunterschiede in Europa so durcheinander gebracht, dass nun Nordluft zu uns gelangt und diese Kälte verursacht. Nichtsdestotrotz ist aber heute, zumindest jetzt, schönes Wetter mit Sonnenschein, es wird daher sicherlich der Jahreszeit angepasst im Tagesverlauf wärmer werden. Ein zweifelhaftes Vergnügen, wenn man an den aufgetauten Morast denkt.

„Karl, du bist unabkömmlich hier. Einer von den beiden soll dich bei den Reparaturarbeiten am Dach von Andy unterstützen. Übrigens, kannst du auch bei unserem Kamin vorbeischauen?"

„Also gut, Hannes, du bleibst bei mir! Dann ist deine Frau nicht alleine. Den jungen Spund schicken wir mit den zwei alten Männern in den Ort. Kommt mir ja nicht ohne eine gute Nachricht zurück! Und ja, ich werde." Karl streicht sich besser gelaunt eine viel zu weiche Butter aufs Brot und ignoriert unser Lachen. „Lange wird das Zeug nicht mehr halten. Wir hätten einiges hinauslegen sollen bei der Kälte."

„Damit hat keiner gerechnet, aber du hast im Prinzip mit beidem Recht." Hannes hat sich zu Wort gemeldet und schmunzelt immer noch ob der spontanen Personeneinteilung von Karl. „Ich soll also bei dir bleiben? Okay. Das wird hoffentlich etwas weniger anstrengend als die Expedition durch den Morast da draußen."

„Hier bin ich diesen Winter x-mal mit dem Snowboard gewesen und jetzt ist alles verändert. Ob man in dieser Gegend jemals wieder Wintersport betreiben wird?" Stefan ist erstaunt über die Veränderungen seit dem Unwetter. Für Andy und mich ist der Anblick nicht mehr neu. Hier haben wir gestern schon gestanden und waren mindestens genau so erschrocken wie jetzt unser neuer Begleiter. Durch die kalte Luft in der Nacht ist der Boden tatsächlich härter geworden, das Vorankommen war um einiges einfacher und weniger anstrengend, als gedacht. Wir sind gut im Zeitplan.

„Dort müssen wir hinauf!" Wir blicken alle meiner Hand nach, die nach oben auf das Ende der Schlammlawine zeigt, bei den umgestürzten Stützen vorbei, die deutlich zu sehen sind. Fünf Sessel wurden, so weit es das ausgehängte Seil erlaubte, von dem Schotter in der unterspülten Wiese mitgerissen und ragen teilweise verschüttet aus dem losen Erdreich. „Ab da wird es für uns dann auch neu. Das ist die Stelle, wo wir umgedreht sind und nicht mehr weiter wollten."

„Was heißt: *nicht mehr weiter wollten*?" Andy fällt mir ins Wort. „Wir mussten ja wieder zurück. Von *wollen* keine Spur!"

„Andy, ist gut!" Ich muss laut lachen. Oft genügt ein Blick auf ihn. Wahrscheinlich seine äußere Erscheinung in bestimmten Situationen, die die Laune hebt. Schon hundertfach erlebt und immer ein sicherer Tipp. „Das weiß Stefan doch alles. Erinnere dich, gestern Abend, das hast du alles selber erzählt."

Stefan kichert jetzt auch leise und Andy schaut betreten auf uns zwei, bis sich sein Bart zu bewegen beginnt und auch er zu grinsen anfängt.

„Ihr seid vielleicht eine Bande! Nichtsdestotrotz machen wir jetzt eine Pause, ich habe Durst! Wir können dabei das Lifthäuschen inspizieren."

Während er dies sagt, rieseln plötzlich Steine den Hang herab. Ein kleine Gruppe Rotwild überquert vorsichtig die Schräge mit dem veränderten Untergrund und verschwindet nahe der Stelle, die auch wir uns zum Weiterwandern vorgemerkt haben, im dort noch ursprünglichen Waldrand.

Zumindest diese Tiere haben den Sturm schadlos überstanden, einigen wird das Inferno aber sicherlich geschadet haben. Bis jetzt sind uns aber in der vergangenen Zeit keine Kadaver untergekommen.

„Schaut euch das an! Die Herde gibt uns den Weg vor. Wir haben gut gewählt." Andy murmelt zufrieden noch Unverständliches, während er seinen Rucksack schultert und in die Lichtung tritt. Wir folgen ihm bis zu den Resten der Liftstation. Die Schutt- und Schlammlawine hat hier ganz schön gewütet und zirka vierzig Zentimeter über ursprünglichem Niveau ein ziemliches Chaos hinterlassen. Einmal entfesseltes Wasser besitzt eine irre Kraft, wie an den Schäden zu sehen ist, die Eingangstüre wurde eingedrückt und der Innenraum gleicht einem Morastsee. Vom ehemaligen Kassenbereich ist nichts mehr übrig. Daneben, bei der Einsteigsstelle, sind die Schuttablagerungen noch höher, die eisernen Zugangszäune teilweise versetzt und fast zur Gänze begraben.

„Hier wird man nicht mehr Ski fahren können", meine ich bestürzt.

„Das ist meine geringste Sorge", kontert Andy mit Blick zum Himmel.

Stefan, der inzwischen eine trockene Stelle gefunden hat, schaut interessiert zu uns. Uns beiden wird klar, was Andy gemeint hat. Die Sonne hat sich hinter dunklen Wolken versteckt, die bereits zur Hälfte den Himmel bedecken. Durch das mühsame Vorankommen, meistens unter Bäumen am kaum beschädigten Gebirgsrand, ist uns das bisher gar nicht aufgefallen.

„Schaut wie ein schweres Gewitter aus. Da treffen wärmere Luftmassen mit den kalten zusammen. Hoffentlich wird das kein Unwetter. Haben wir passende Kleidung mit?"

„Du bist gut", antwortet mir Andy. „Jetzt wäre es zu spät. Ich habe eine passende Jacke dabei."

„Und du?" Unser Blick richtet sich auf Stefan.

„Ich natürlich auch. Was glaubt ihr denn?"

„Ist schon gut, war nur eine Frage", meine ich zufriedener und befreie meinen Rücken von der Rucksacklast. „Der Platz bei dir ist gut. Jetzt machen wir erst einmal eine Pause!"

„Diesem Pfad, den die Tiere getreten haben, folgen wir ganz einfach." Andy spricht aus, was wir uns alle denken.

Unten sind das Lifthäuschen und die teilweise verschüttete Straße zu sehen. Weiter hinten, bei dem noch vorhandenen Waldstück bis zum Bachrand ist in der Wiese davor jetzt kein Wasser. Der See staut auf keinen Fall mehr bis hierher. Einzig einige geknickte Bäume bilden ein Hindernis.

„Schaut euch das an! Vielleicht hätten wir beim Bach leichter zum Ort vordringen können?"

„Muss nicht sein", antwortet mir Andy. „Jetzt sind wir hier oben und gehen weiter vorne wieder hinunter. Gestern war es noch anders. Also, was soll's?"

„Glaubt ihr, das Wetter hält?", mischt sich Stefan mit einem Blick auf die nun geschlossene Wolkendecke in unser Gespräch. Gott sei Dank sind die anfangs bedrohlichen schwarzen Wolkenränder in ein gleichmäßiges Grau übergegangen.

„Werden sehen. Jetzt schaut es nicht mehr so schlimm aus. Vielleicht haben wir Glück und Nässe bleibt uns erspart." Während meiner Antwort betrachten wir alle drei den Himmel. Die Sonne wird wahrscheinlich heute nicht mehr zum Vorschein kommen. Vielleicht ist das aber besser so, es wird beim Wandern nicht heiß und der Rucksack stört weniger. Wir haben noch einen langen Weg vor uns.

Die Tierhufe mit den schweren Körpern haben einen festen Untergrund getreten, dem wir überraschend leicht folgen können. Einige Zeit geht es problemlos weiter, die Spur führt schräg in die von uns gewählte Richtung, jetzt wieder in kaum beschädigtem Mischwald, verzweigt sich aber vor einem Hindernis nach oben und wir entscheiden uns, den Pfad zu verlassen und in tiefere Regionen vorzudringen. Vielleicht können wir wieder der Straße folgen und so sicher den Ort finden?

Leider hat aber weiter unten der Sturm stärker gewütet und uns bleibt nichts anderes übrig, als wieder bis zur Mitte des Bergrückens hinaufzusteigen. Von hier aus geht es eindeutig leichter weiter. Auch wenn wir so nicht direkt auf Häuser stoßen, wird das Ende oder der Anfang des Tales trotzdem nicht verfehlt werden. Ich glaube mich zu erinnern, dass rechts ein Einschnitt mit Wasser kommen muss, der uns den Weg dann zeigen wird.

„Spürst du es? Ich glaube, es fängt zu regnen an." Andy hält seine Handfläche nach oben.

Einige Tropfen dringen durch das Laub. Uns wird bewusst, dass trotz des vergangenen Sturms immer noch viele Blätter vorhanden sind, die uns jetzt schützen.

„Leider, hoffentlich nicht stärker." Stefan hält ebenfalls seine Handflächen in die Tropfen. Allmählich wird das Rauschen in den Wipfeln lauter und mehr Feuchtigkeit dringt nach unten. Unter einem Baum ziehen wir unsere Windjacken an und schauen missmutig abwechselnd nach oben und in den Wald. Halbwegs geschützt, wird uns klar, dass der Regen zunimmt.

„Was machen wir?" Mir wird das Ganze lästig.

„Wir haben keinen Blick nach oben frei." Andy ist einen Schritt vorgetreten und versucht, etwas vom Himmel zu sehen, was von hier aber nicht möglich ist. „Viel dunkler ist es nicht geworden. Warten wir ein bisschen!"

„Aber nicht zu lange. Wir sollten heute noch unser Ziel erreichen."

Zwanzig Minuten regnet es jetzt schon, langsam immer stärker werdend. Länger zu warten, hat keinen Sinn, es wird wahrscheinlich nicht mehr besser. Dieses ungute Wetter scheint uns zu verfolgen.

„Karl wird kein Glück mit deinem Dach haben", meine ich verärgert.

Andy seufzt irgendetwas Unverständliches.

„Wir gehen weiter! Passt auf den rutschigen Boden auf! Das kommt zu der blöden Nässe noch dazu."

Ein Stückchen außerhalb der schützenden Baumgruppe wird uns bewusst, dass es mittlerweile leider schüttet, es ist auch wieder dunkler geworden, die Wolken müssen dicht sein.

„Noch kommen wir gut voran. Aber wenn das Unwetter schlimmer wird, so wie vorgestern, was machen wir dann?" Stefan stellt besorgt diese Frage. Er trifft den Nagel auf den Kopf, denn wir bemerken, dass der Boden überall dort, wo der Regen ungehindert durchdringt, kleine Bäche nach unten rinnen lässt. Er nimmt nichts mehr auf.

„Das ist wirklich schlecht. Wir sollten die Seitenwand verlassen und sicherheitshalber die Straße suchen." Andy antwortet knapp vor mir. Ich hätte ungefähr dasselbe gesagt.

„Aber dort kommen wir nicht vernünftig weiter. Zumindest jetzt ist kein Wind. Vor umstürzenden Bäumen brauchen wir uns nicht zu fürchten. Warum bleiben wir nicht hier?"

„Weil ich Angst vor Erdrutschen habe. Überall ist dieser Dreck seitlich heruntergekommen. Erinnere dich!" Ich sage jetzt auch etwas zu Stefan, der seine Blicke rundherum schweifen lässt. Die kleinen Bäche werden größer.

„Wir sollten uns beeilen. Ich bin auch dafür", meint er lakonisch und setzt sich in Bewegung.

Wir folgen ihm, das war eine schnelle Entscheidung.

Der Weg hinunter ist nicht ganz leicht, aber schließlich kommt die Lichtung mit der Straße und mit einigen umgestürzten Bäumen als Hindernisse. Auf den Hang wollen wir nicht mehr, einfach der Straße folgen können wir nicht und so bleibt uns nichts anderes übrig, als irritiert stehen zu bleiben. Gut, dass die Jacken bei allen so halbwegs dicht sind. Ein scheußliches Wetter!

„Wo wollen wir hin? Ich habe die Nase voll!" Andy ist sauer und betont die Worte dementsprechend.

„Nehmen wir deine Idee von vorhin und versuchen, die andere Seite beim Bach zu erreichen. Wir haben vom Lift aus zwar nicht bis hierher gesehen, wahrscheinlich ist hier die Wiese auch nicht geflutet, so, wie dort betrachtet. Nimm's nicht so tragisch!" Ich versuche ihn zu trösten. „Wir gehen da jetzt quer hinüber. Bei dem Sauwetter macht das keinen Spaß, wir können uns aber nirgends unterstellen. Es hilft nichts."

Wortlos machen wir uns auf den Weg. Es schüttet mittlerweile wie aus Eimern, nicht ganz so stark wie vor zwei Tagen, aber schlimm genug. Bereits wieder eine Hochwassergefahr, eindeutig. Zuerst kalt und dann warm, eine unmögliche Situation! Wann werden wir wieder normales Wetter haben?

Tatsächlich ist hier kein Wasser in der Wiese und nur wenige ausgerissene Pflanzenteile behindern unser Vorankommen. Wahrscheinlich ist das Hochwasser vom See gar nicht bis hierher gekommen. Wir hätten von Anfang an diesen Weg wählen sollen. Aber das ist jetzt nicht zu ändern.

Vor uns tauchen schemenhaft die Umrisse der Büsche mit der Strauchreihe vor dem Bachbett auf und wir freuen uns, endlich da zu sein. Ab jetzt können wir auf der Schotterhalde leichter vorankommen, so unsere Meinung.

„Jetzt wird es besser!" Nach langem Schweigen sagt Andy als Erster etwas und beschleunigt seine Schritte. Die Wiese steigt hier leicht an. Oben angekommen, bleibt er verdutzt stehen. Stefan und ich sind jetzt auch an der höchsten Stelle und bemerken nun ebenfalls den Grund seines Anhaltens. Von wegen Schotterhalde! Braunes Wasser wälzt sich außerhalb des Bachufers zwischen den Büschen nach unten. Das kleine Bächlein ist jetzt ein mittlerer Fluss und ziemlich reißend. Da können wir nicht näher hin und weiter oben sieht es schlimmer aus, denn Richtung Ort liegt die kleiner werdende Wiese tiefer und die scheint komplett geflutet zu sein.

„Dieser strömende Regen und die Unwetter vor Tagen." Stefan deutet, ohne weiterzusprechen, gen Süden.

Wir wissen, was er meint. Zuerst die Stürme und dann das viele Wasser. Im Ort kommen zwei Bäche zusammen. Jetzt sind auch noch Hochwasserschäden zu befürchten. Wie sollen wir da hinkommen? Also doch wieder am anderen Bergrücken ein Weiterkommen versuchen.

„Ich mag heute nicht mehr! Das Wetter bringt mich um den Verstand." Andy ist wütend. Man merkt es an seiner Stimme, die ein bisschen gepresst klingt, und an einigen Fältchen im Gesicht bei den Augen. Sein Bart klebt nass an ihm, auch das passt ihm sicher nicht. „Ich schlage vor, wir geben auf. Das ewige Hin und Her! Wir haben schon zu viel Zeit verloren und diese Nässe dazu. Trotz der Kinder, ich will heim! Auch wenn Michaela nicht einverstanden sein wird."

„Ist mir recht", antworte ich nicht gerade euphorisch und Stefan murmelt ebenfalls eine Zustimmung.

Wir haben den Regen unterschätzt. Das ununterbrochene Prasseln auf den Kopf macht missmutig. Es ist außerdem, wie ein Blick auf die Uhr zeigt, bereits später Nachmittag. Wir sind wirklich nicht weit gekommen. Möglicherweise könnte das Wetter noch schlechter werden, unter Bäumen eventuell gefährlich.

„Schaut euch das Wasser an!" Stefan deutet auf daherschwimmende Balken in der Mitte des Baches. „Das sind Zaunstücke. Da oben muss es ganz schön wüten."

„He, jetzt kommen auch Plastikkübel daher!" Andy ruft aufgeregt dazwischen und zeigt auf die in den Wellen tanzenden Teile. Das aus den Ufern ausgetretene Wasser scheint sich auszudehnen. Ein Zeichen von noch mehr Überflutung und ein Grund, endlich etwas zu unternehmen.

„Hauen wir ab! Hier stehen zu bleiben, hat keinen Sinn. Vom Hinstarren wird die Situation nicht besser. Wir können, so lange es geht, am Rand zurückgehen, vielleicht ist in der unteren Wiese tatsächlich kein Hochwasser mehr – was ich zwar nicht glaube. Was meint ihr?" Die Antworten der beiden kann ich nicht verstehen und vermute eine Zustimmung. Auf jeden Fall setze ich mich in Bewegung. Sie werden dasselbe gemeint haben, denn es erfolgt kein Dementi, sie kommen hinter mir her.

Der meistens sechs bis sieben Meter breite Streifen mit niedrigen Bäumen und Büschen, die auenähnliche Uferzone, hat den Sturm ohne nennenswerte Veränderungen überstanden. Jetzt wütet allerdings das Wasser und nagt an deren Substanz.

Ich glaube mich zu erinnern, in dem Wald ist es immer noch mindestens zwei Meter tiefer bis zu dem trockenen Bachschotter gewesen. So genau habe ich nie darauf geachtet. Das letzte Mal mit dem Fahrrad ist schon einige Zeit her. Eine Menge Wasser also!

„Andy und Stefan!" Mir ist etwas eingefallen. „Bei den Bauern unten, dort ist der Bach doch ziemlich in einer Höhe mit dem Haus?"

„Nicht ganz, ein kleiner Unterschied ist schon. Aber ein sehr breiter Schotterrand. Wieso?" Andy antwortet und Stefan sagt nichts, schaut aber interessiert in die Wellenberge.

„Weil hier mindestens zwei Meter Wassertiefe herrschen. Das ist viel Wasser!"

„Woher weißt du das?"

„Warst du noch nie hier? Ich schon, mit dem Fahrrad."

Jetzt mischt sich auch Stefan in unsere Unterhaltung und meint: „Genau, ich war hier auch schon ein paar Mal. Von da bis knapp vor den Ort ist der Bach tiefer eingegraben gewesen. Oben ist ja ein kleiner Wasserfall. Wenn das hier also voll ist, dann …"

Andy unterbricht überrascht. „Dann ist bei uns oder noch weiter unten Hochwasser!"

„Ihr habt es erfasst. Beeilen wir uns!"

Tatsächlich ist weiter unten die aus den Ufern getretene Wassermenge breiter geworden. Etwas mehr in die Wiese. Wir sind jetzt ungefähr auf Lifthöhe zurückgekehrt und haben es nicht mehr sehr weit. Wenn es so bleibt, ist auf keinen Fall mit einer Gefahr für unsere Siedlung zu rechnen. Leider regnet es immer noch stark. Wie vermutet, sind hier am Rand kaum Hindernisse und wir sind viel schneller vorangekommen als die ganzen Versuche vorher. Als Entschuldigung, nicht gleich diesen Weg genommen zu haben, gilt die Tatsache, dass zumindest vor einem Tag noch überall Wasser vom See hier war. Das ist trotz dieser Niederschläge jetzt offensichtlich verschwunden. Irgendetwas muss beim Wehr passiert sein.

„Jetzt wird es wieder morastiger am Boden." Andy ist stehen geblieben und schaut um sich. „Der Bach ist es nicht. Der ist die ganze Zeit in seinen übergetretenen Grenzen. Wahrscheinlich ist doch noch etwas vom See da. Ein Stückchen geht es so noch. Wenn es schlimmer wird, müssen wir wieder zur Straße und den bereits gewohnten Weg zurück."

Der Waldstreifen, der die große Wiese vor unseren Häusern begrenzt und von einer Seite bis zur anderen reicht, nur von der Straße unterbrochen, ist trotz der schlechten Sicht deutlich zu sehen. Bis dorthin können wir auf jeden Fall den Weg neben dem jetzt breiteren, aber nicht mehr so reißend fließenden Wasser fortsetzen.

Knapp vor den Bäumen reicht der übergegangene Bach zwar fast bis in die Mitte der freien Fläche, wir sind trotzdem erfreut, so schnell vorangekommen zu sein und nur wenige Hindernisse vorzufinden. Auch durch den schmalen Waldstreifen behindert uns kaum etwas, wir haben freie Sicht auf unsere Siedlung.

„Schaut, nur bis zur Hälfte der Wiesenbreite ist der Bach übergegangen, wie vermutet!" Andy deutet zufrieden mit einer Hand umher. „Das aufgestaute Wasser ist auch bei uns wahrscheinlich nicht mehr, ich kann jedenfalls von hier nichts erkennen."

Stefan möchte antworten, ich komme ihm aber zuvor und meine: „Wir können tatsächlich in einem jetzt trockneren Wiesenteil bleiben, bis auf das Regenwasser. Es ist innerhalb so kurzer Zeit abgeflossen. Heute in der Früh waren doch noch einige Zentimeter in der Wiese. Und mit der Menge, die von dem Bach in den See fließt, müsste das Wasser doch steigen."

„Wirklich komisch." Andy antwortet mir seltsam hohl. „Keine Ahnung, wie das geht, aber das ist mir jetzt gleich. Ich mag nicht mehr. Ich habe genug von allen Wassern."

In der nicht mehr gefluteten Wiese können wir den am Boden liegenden Sturmschäden leicht ausweichen und so erreichen wir viel schneller als beim Weggehen unsere Häuser.

Bei der Einfahrt kommt uns Michaela entgegen, sie erwartet Neuigkeiten, die wir leider nicht bieten können. Andy steht bei ihr, ich kann die Worte nicht verstehen. Stefan schaut unruhig umher, ihm geht es wahrscheinlich genau wie mir, ich zumindest möchte die nassen Klamotten loswerden.

„Habt ihr gehört, ihr zwei?" Andy kommt auf uns zu. „Der Sohn vom Landwirt war einige Zeit nach Regenbeginn hier. Er hat um Hilfe gebeten, sie haben dort den steigenden Bach bemerkt."

„Und?"

„Karl ist mit Hannes und Gisela mitgegangen. Sie sind noch nicht zurück."

„Bei mir ist also niemand da." Stefan macht diese Zwischenbemerkung. „Ich ziehe mir nur neue Sachen an, frische Socken und festere Schuhe. Ich werde ihnen dann nachfolgen."

„Gummistiefel wären besser. Du kannst mich holen."

Michaela und Andy kamen mit mir zurück, Stefan hat sich kurz verabschiedet, nachdem er festgestellt hatte, dass bei ihnen die Eingangstüre nicht verschlossen war. Er wird mich, wie vereinbart, abholen. Andy zeigt wenig Lust, noch einmal in den Regen zu müssen, er bleibt lieber bei seiner Frau und bei Melanie und Katharina, die gerade in der Küche sauber machen. Karl war bis zu dem beginnenden Regen mit Hannes zusammen beim Baum im Dach. Sie haben einiges entfernen können und auch wieder gut abgedichtet. Es ist jetzt trocken dort drüben. Roswitha wollte ihren Keller aufräumen und blieb alleine, seit ihr Mann verschwunden ist.

Ich habe mich kurz abgetrocknet, frische Sachen angezogen, einen wasserdichten Segeloverall samt Gummistiefel im Vorraum abgelegt und warte nun im Wohnzimmer auf Stefan.

„Ich werde mit Michaela bei uns einmal den Dachboden inspizieren. Ihr braucht mich nicht dort drüben."

„Wie du meinst", antworte ich auf Andys Erläuterung. Die beiden haben sich zu mir gesetzt. Jetzt kommt auch meine Frau und meine Tochter zu uns.

„Sollen wir mitgehen?" Melanie stützt sich bei mir auf der Schulter ab.

„Nur, wenn du unbedingt willst. Der Regen ist äußerst unangenehm und …"

„Dann bleiben wir hier. Heute ist so ein tolles, interessantes Fernsehprogramm."

Katharina unterbricht lachend ihre Mutter. „Wir haben genug anderes zu tun. Aber erzählt mal, habt ihr noch immer niemanden getroffen? Entschuldige, was wolltest du noch sagen?"

„Eigentlich nichts. Komm, setz dich und rede nicht so einen Unsinn!" Ich schaue Andy an und bedeute ihm, zu antworten.

„Außer Rotwild haben wir niemanden getroffen. Aber ernsthaft, wir waren noch zu weit weg von den ersten Häusern. Uns kam der Regen dazwischen, wir wollten nicht mehr weiter. Jetzt tut es mir leid, denn ich möchte wissen, was mit unseren Kindern los ist."

„Morgen kann kommen, was wolle, ich möchte auch Gewissheit und erfahren, wie es anderen geht. Es wird langsam Zeit. Was hat der Bauer gesagt?" Nach der Antwort richtet sich mein Blick auf Michaela, die, bevor sie etwas sagen kann, von Stefan unterbrochen wird, der grüßend in den Raum tritt.

„Wir können", ist seine kurze Bemerkung.

„Warte, ich möchte mir das noch anhören und dann gehen wir. Nur wir zwei."

Michaela lächelt verlegen, weil sich alle Augen auf sie richten, und beginnt zu erläutern: „Also, kurz nach dem ersten kräftigen Regenschauer kam der junge Landwirt zu uns. Er hatte Karl und Hannes draußen angetroffen und war ziemlich aufgeregt. Das Wasser, vom See aufgestaut, sei verschwunden, meinte er, aber dafür komme der Bach bedrohlich näher und vorsorglich wollten sie eine Barriere bauen. Sechs Hände seien zu wenig und darum bat er um Hilfe. Viel mehr weiß ich auch nicht."

„Wie lange sind sie schon dort?"

„Ich würde sagen, drei Stunden."

„Na gut, dann brechen wir auf, Stefan!"

Ein bisschen weniger regnet es. Vor uns kommt der Bauernhof immer näher. Die längste Zeit haben wir die Leute im Freien hantieren sehen, erst jetzt erkennen wir, was sie machen. Mit Brettern und Pfosten wird versucht, den Bach aufzuhalten, der bereits am Haus und an der Scheune vorbeirinnt, allerdings ziemlich langsam fließend. Er hat so weit draußen keine Kraft mehr, höchstens ein steigender Pegel kann lästig sein. In den Büschen beim normalen Bachufer ist das Gerinne aber ziemlich wild, eine schäumende braune Masse. Meines Wissens hat es ein austretendes Wasser hier noch nie gegeben. Aber jetzt gelten alte Regeln nicht mehr.

„Hallo, ihr seid schon da?" Karl kommt uns entgegen. „Was ist los im Ort? Wir sind gespannt."

Alle haben mit der Arbeit aufgehört und starren uns zwei an.

„Wir wissen noch nichts. Es hat nicht geklappt. Ich erzähle es euch später. Was ist bei euch los? Wir kommen, um mitzuhelfen."

„Danke." Der alte Bauer richtet sich auf einer in der Hand gehaltenen Schaufel auf. Seine Lodenbekleidung ist voller Schmutz und er schwitzt, obwohl keine Sonne scheint. Vielleicht hat aber auch nur der Regen sein Gesicht getroffen. Die beiden neben ihm, in der Regenbekleidung leuchten die Haare von Gisela hervor und die andere Gestalt wird wahrscheinlich Hannes sein, halten sich an Pfosten fest, die mit Brettern verkeilt wurden. Etwas abseits steht der junge Landwirt und lächelt uns entgegen. Seine Mutter kommt soeben aus dem Haus und deutet einen Gruß an.

Ich weiß nicht einmal die Namen dieser Leute. *Hallo* und *du* – das waren unsere bisherigen Bezeichnungen bei gelegentlichen Treffen. Stefan hat noch gar nichts gesagt, geht jetzt aber zu seinen Eltern und unterhält sich leise mit ihnen.

„Was ist hier zu tun? Es scheint so, als hättet ihr alles im Griff."

„Wie man's nimmt", antwortet mir der Ältere. „Heute am Vormittag ist das aufgestaute Wasser vom See langsam gesunken. Ich habe zu meinem Sohn gesagt, er solle nachschauen gehen, und meine Frau und ich haben die Kühe nach der Zeit im Wasser ins Freie gelassen. Er ist nicht sehr weit gekommen, die normale Uferhöhe hat der See immer noch nicht, beim Abfluss müssen Hindernisse sein, wir können nicht viel weiter zurück. Das mit den Kühen war auch keine gute Idee, sie haben sich gebärdet und der Boden tat sein Übriges. Mit Müh und Not konnten wir sie wieder bändigen." Nach einer kurzen Pause berichtet er weiter: „Dann hat es zu schütten angefangen und alles wurde noch schwieriger. Zuerst die Kühe und dann das Wasser. Mein Sohn war wieder da, uns fiel der stetig steigende Wasserstand im Bach auf und wir haben um Hilfe gebeten. Habt ihr wirklich noch niemanden vom Ort gesehen?"

„Nein, aber das hat wirklich nichts zu sagen. Wenn wir nicht hinkommen, können sie auch nicht heraus. Morgen wollen wir aber auf jeden Fall durchhalten."

„Und das Wasser?"

„Ja, das ist tatsächlich schnell hoch geworden. Die Begrenzungen im Ort werden zu wenig sein. Sicherlich Überschwemmungen."

„Kann man nichts machen, du siehst ja, hier …" Er deutet einen Kreis. „Wir schützen uns so gut es geht. Es schaut so aus, dass der See nicht mehr rückstaut, trotz der zusätzlichen Menge."

„Das scheint die einzige Verbesserung zu sein, aber auch wirklich die einzige. Wie können wir helfen?"

„Wenn ihr uns beim Eingraben der Holzteile unterstützen würdet, wären wir froh." Der Jüngere kommt auf uns zu und antwortet statt seines Vaters. In der Hand hält er eine weitere Schaufel und deutet zusätzlich zur Scheune. „Dort sind noch weitere Spaten und ich glaube auch noch eine Hacke. Die Holzteile sind gleich daneben."

„Morgen müssen wir bis zum Ort vordringen! Es wird allmählich Zeit. Diese Ungewissheit über meine Kinder wird jetzt wieder unangenehmer." Andy steht mit mir, Karl und Hannes vor seinem Haus und betrachtet die von den Letztgenannten sauber aufgeschichteten Baumreste aus seinem Dach.

Zwei Stunden sind seit der Hilfe auf dem Bauernhof vergangen. Es hat leider nicht zu regnen aufgehört, der aufgebaute Schutz kann aber noch einen höheren Wasserstand vertragen und die Leute dort haben eigentlich kein größeres Problem.

„Dass uns bisher keine Personen unterkommen, ist schon eigenartig. Wieso versucht niemand, zu uns oder weiter zum See hinaus zu gelangen? Ich frage euch."

„Bei denen wird einiges zerstört sein und keine Zeit." Hannes antwortet Andy unsicher mit einem Achselzucken. „Das ist jetzt die wievielte Nacht seit dem Einschlag? Zwei, oder?"

„Ich glaube, drei. Eine bei euch, eine wieder im eigenen Bett und jetzt die." Karl schaut Hannes, Andy und mich unsicher an und ich antworte ihm: „Ich weiß es genau, denn das Tagebuch lügt nicht. Von mir wird heute der dritte Eintrag gemacht, also kommt die dritte Nacht. Besondere Sorgen wegen der Leute mache ich mir noch nicht, allerdings sind sicherlich neben den Sturmschäden auch die Wasserprobleme zu beachten. So, wie bei dem Bauern: Die sind nicht weiter als zum Wirt, vielleicht zum Seerand und zu uns gelangt. Wir sind für den Ort nicht wichtig."

„Was heißt, *nicht wichtig*? Andy protestiert leicht verärgert. „Meine Kinder sollen dem Ort wichtig sein! Die müssen sich doch denken, dass wir uns Sorgen machen und …"

Hannes unterbricht ihn nachdenklich und meint: „Von außerhalb kann ohne Flugzeug niemand zu uns vordringen. Bei dem Wasserstand kommt man nur über die Gebirgsränder zu Fuß weiter. Wahrscheinlich liegen weiter hinten genauso viele Bäume oder noch mehr auf den Straßen und der starke Regen tat sein Übriges. Ich denke mir …"

„He, Hannes denkt!" Karl schaut alle und niemanden an, sein Augenfehler, und unterbricht Hannes lachend.

„Was soll das?" Hannes schüttelt den Kopf und entgegnet irritiert: „Wieso unterbrichst du mich?"

„Entschuldige, ist mir so herausgerutscht! Ich habe im Geiste meinen schreibenden Nachbarn gesehen, also …"

„Wenn ich Aufzeichnungen mache, kann das doch nicht schlecht sein!" Jetzt mische ich mich auch in die Debatte. „Und später sind wir froh, wenn wir uns an Einzelheiten erinnern. Du weißt ja nicht einmal mehr, welcher Tag heute ist."

„Ich habe drei gesagt. Das war Hannes."

„Ist doch gleich. Es schadet sicher nicht!"

„Seid nicht albern und hört auf, zu streiten!" Andy deutet lächelnd mit dem Finger mahnend auf uns und meint nach einem „Wer streitet denn?" von mir weiter: „Ihr seid ein bisschen irritiert. Der einzige in der Runde mit viel Grund zur Sorge und dem Elend, von seinen Kindern nichts zu wissen, bin ich. Morgen will ich in den Ort!"

„Unsere Nachbarn sind auch nicht mehr gekommen. Wie sollen sie auch?" Karl ist etwas ernster als vorher und ich meine gleich im Anschluss: „Eben, die können auch erst dann kommen, wenn Hilfstrupps unterwegs sind, und das wird noch nicht der Fall sein. Andy hat Recht, er muss sich um die Kinder sorgen, und wir höchstens um Verwandte außerhalb. Das ist sicherlich einfacher. Aber wir leiden mit, ehrlich, und morgen müssen wir wirklich den Ort erreichen, das gibt es doch nicht."

„Ich hoffe es. Was machen wir heute noch?" Andy hat sich angesprochen gefühlt und daher geantwortet.

„Keine Ahnung. Dem Regen zuzuschauen, wird allmählich langweilig. Hunger, habt ihr nicht auch Hunger?" Karl schaut in die Runde. „Aber diesmal bei uns. Nehmt eure Kerzen mit!"

Tagebuch: Tag 3

Andy, Stefan und ich: Aufbruch nach einem Frühstück bei uns, mit Schlafsäcken und Kleidung für eine Nacht ausgestattet. Ziel, wenn möglich den Ort erreichen.

Karl und Hannes sollen versuchen, endgültig den Baum von Haus eins aus dem Dach zu entfernen.

Anfangs schönes, aber kaltes Wetter, gegen Mittag Wetterumschwung und beginnender Regen. Wir fanden den Bereich Lift zerstört vor (Erdrutsch, Liftstützen weggerissen). Haben den Fehler gemacht, nicht gleich auf die Wiese zum Bachrand gewechselt zu sein, Wasser vom See muss zwischenzeitlich gesunken sein. Wahrscheinlich hat der Wasserdruck eine eventuelle Verstopfung des Abflusses teilweise entfernt. Uns ist auf der Bergseite viel Zeit verloren gegangen, die dann später fehlte.

Wieder wolkenbruchähnliche Zustände mit Überschwemmungstendenz. Erreichten den Bach und konnten oder wollten wegen Hochwassers nicht mehr weiter. Wieder zurück.

Am späten Nachmittag mit Karl, Hannes, Gisela und mir Nachbarschaftshilfe auf dem Bauernhof. Bachaustritt. Ohne größere Probleme.

Haben nach wie vor keinen Kontakt zu anderen Personen. Einige von uns sollten morgen irgendwie den Ort erreichen. Wir hoffen auf Hilfe von außen in den nächsten Tagen. Die Technik geht uns eigentlich nicht ab. Allerdings haben wir noch immer genügend Hilfsmittel, wie zum Beispiel Gas zum Kochen, ausreichend normales Wasser, Holz zum Heizen und so weiter. Bis jetzt hat noch keiner daran gedacht, was wäre, wenn es das alles nicht mehr gibt. Schon eigenartig, der Gedanke. Aber es kann sich nur um ein begrenztes Szenario handeln, die Wetteränderungen ausgenommen, die sind überall möglich. Vielleicht Kälte, wo es sonst warm ist, und Stürme zu Zeiten der normalen

Ruhe. Wer weiß … Ich denke auch an unser Geschäft, an mögliche Veränderungen in der Stadt, wie es unseren Verwandten und Bekannten geht. Es ist sicherlich überall schwierig geworden, wir werden es sicher sehen. Ein paar Tage noch, höchstens, dann kommt Hilfe!

4

„Wieso kann ich nicht mit?" Katharina schaut mich irritiert an.

Wir alle haben uns diesmal bei Roswitha und Karl zur Lagebesprechung getroffen. Außer Michaela und Andy, die auch diese Nacht noch bei uns geblieben sind, waren alle Pärchen in ihren eigenen Häusern und es wurde erstmals getrennt gefrühstückt. Das Wetter ist ein bisschen besser, es regnet nur noch ganz leicht, die Temperatur ist angenehm mit etwas morgendlicher Frische.

Vor Kurzem, am Balkon haben wir zu viert die bis zur Hälfte geflutete Wiese betrachtet, über Nacht ist der Bach aber nicht mehr weiter gestiegen. Bei unseren entfernten Nachbarn, den Landwirten, werden also keine Probleme sein.

„Weil es anstrengend ist, du sehr zart bist und deine Mutter dabei sein will." Wir haben beratschlagt, Michaela wollte unbedingt mit Andy zu ihren Kindern und damit sie als Frau nicht alleine ist, will mich Melanie begleiten. Jetzt auch meine Tochter, das ist aber nicht sinnvoll. „Wir müssen für eine eventuelle Übernachtung ausreichend Kleidung mitnehmen. Sei froh, wenn du den Rucksack nicht tragen musst."

„Genau." Gisela mischt sich in unser Gespräch. „Bleib bei uns! Wir haben hier genug zu tun."

„Aber ich will auch einmal hinaus ins Freie und …"

„Du kannst mit mir mitgehen." Jetzt meldet sich Stefan zu Wort und meint schelmisch: „Ich werde bei den Bauern vorbeischauen und dann zum See. Wenn du mitkommst, brauchen meine beiden Alten nicht …"

„Sei nicht frech!" Gisela gibt ihm einen gut gemeinten Klaps auf den Hintern.

„Ihr seid es doch. Was soll ich machen?"

Wir alle müssen lachen. Melanie und ich schauen uns amüsiert in die Augen. Wenn die beiden alt sind, was sind dann wir? Alles eine Frage des Blickpunktes.

„Entschuldige, wenn ich dich jetzt unterbreche, aber wir sollten gemeinsam unsere Vorgehensweise beraten. Du warst ja zum Teil selber dabei und kennst die örtlichen Gegebenheiten, also hilf mit. Euren Ausflug könnt ihr nachher planen." Michaela sitzt schon neben Melanie und Andy neben mir. Das Expeditionsteam in Anführungsstrichen hat sich also bereits von selbst gruppiert. Katharina schmollt noch ein bisschen, gibt sich aber dann doch geschlagen und gesellt sich zu Stefan. Ein Unternehmen mit ihm scheint ihr auch annehmbar.

Andy ergreift die Gelegenheit und meint: „Regenkleidung, Schlafsack, trockenes Reservegewand, was auch immer. Ich glaube, am besten bleiben wir erstmal bei der Bachseite. Es war gestern klar, dass dieser Weg leichter ist, oder?"

„Klaro." Ich antworte als Einziger. Wer auch sonst. Stefan könnte noch etwas sagen, der unterhält sich aber mit meiner Tochter, und alle anderen waren ja nicht dabei. „Wenn es beim Wasserfall noch geflutet ist, können wir uns überlegen, was zu tun ist. Der Wald war dort nie besonders dicht und wenn er nicht umgeblasen ist, kommen unsere zierlichen Körperchen sicherlich irgendwie weiter. Ich glaube, ein Kilometer danach sind schon die ersten Häuser und wir sind aus dem Schneider."

„Bist du in den Poetenbrunnen gefallen?" Hannes mischt sich lächelnd in das Gespräch. „Klingt für uns Außenstehende gut.

Eigentlich komisch, dass ihr jetzt schon zum dritten Mal dort hinrennt."

„Du kennst die Gründe. Es gibt Schöneres als ständig in dem Dreck herumzuwühlen, glaube mir."

„Kann ich nachvollziehen. Mir hat der Ausflug zum Wirt gereicht, ich brauche das nicht mehr."

„Was macht ihr eigentlich heute?"

„Nichts. Ausruhen. Ich werde bei euren Ausführungen schon schwach." Tatsächlich Roswitha. Roswitha hat etwas gesagt. Unglaublich!

„Ich mache heute wirklich auch nichts. Werde mich meiner Frau widmen und …" Roswitha wird bei Karls Bemerkungen krebsrot und Gisela schaut bedeutungsvoll zu ihrem Hannes.

„Das könnten wir auch machen. Wenn die Jugend verschwunden ist, oder?"

„Klar." Hannes muss laut lachen, denn die Farbe in Roswithas Gesicht wird noch dunkler. Was immer die beiden vorhaben, es hat auf jeden Fall die Stimmung gehoben.

„Wir sind die Blöden." Ich schaue dabei Michaela, Melanie und Andy an. „Im Freien werden wir keinen Spaß damit haben und …"

„Also, also, plaudere doch nicht alles aus!" Melanie grinst mich schelmisch an. „Sag uns lieber, wann wir starten wollen!"

Vor uns ist in dem niedergedrückten Gras deutlich die Spur des durch den gestrigen Regen entstandenen Hochwassers zu sehen. Gut drei Meter in der Breite hat sich der ausgetretene Bach wieder zurückgezogen, als Folge des nachlassenden Niederschlags. Es nieselt zurzeit nur und das Wetter ist kaum hinderlich. Unsere gewählten Jacken sind zwar wasserdicht, aber beinahe schon zu warm für die herrschenden Temperaturen. Gerade noch auszuhalten. Wir haben uns geeinigt, den Bachrand aufwärts so weit wie möglich voranzukommen und den ausgerissenen Bäumen und Pflanzenteilen auszuweichen. Jetzt hilft uns das ausgetretene Wasser indirekt, wir sehen einen gesäuberten Rand mit lediglich morastigem Boden vor uns, der unseren Gummistiefeln aber nichts anhaben kann.

„Das ist ja super. Ein Staubsaugerprinzip!" Andy zeigt erfreut auf die schmutzige Rinne. „Wenn das so bleibt, sind wir in kürzester Zeit im Ort."

Michaela und Melanie waren ein bisschen hinter uns und erreichen nun ebenfalls unseren Standort. Bei den Häusern im Hintergrund stehen Roswitha und Karl auf ihrem Balkon und winken. Von den anderen hat sich niemand dazugesellt, unser Abmarsch ist ja auch kein bedeutendes Ereignis.

„Was ist mit dem Ort?" Melanie hat nur Teile von Andys Satz verstanden.

„Nichts. Ich meinte nur, wir kommen hier superschnell voran, ohne Hindernisse. Schaut, das Geflutete hat für uns den Weg geebnet!"

Innerhalb des ursprünglichen Bachufers sehen wir immer noch mit Wellen teilweise schäumend und reißend dahinfließendes schmutziges Wasser, das bei den Büschen an den Rändern langsamer wird und sechs, sieben Meter weiter vor uns beinahe wie ein See wirkt.

„Seit wir hier leben, war nie ein ausgetretenes Wasser, auch bei den stärksten Gewittern nicht." Michaela hängt sich bei Andy ein und verfolgt mit ihrem Kopf die Fließgeschwindigkeit nach unten.

Ich schaue ebenfalls den Wellen nach und meine: „Jetzt reichen schon geringere Regenmengen, um das Fass zum Überlaufen zu bringen. Erinnert euch an unser Sickerschachtproblem, lange nichts und dann …"

Melanie unterbricht meine Erklärung, fällt mir ins Wort und sagt: „Mein Schatz, auf dieser Seite ist teilweise kein Wald mehr, es wird nicht nur der Sickerschacht ein Problem sein und …"

Jetzt unterbricht auch Andy sie und entgegnet lächelnd: „Ich glaube, die Bergseite sollte uns vorerst egal sein. Wir wollen in den Ort! Am Rand weiter, oder?"

In der Zwischenzeit sind Michaela und Melanie vorsichtig in die seichte Überschwemmungszone getreten. Bis zur Hälfte der Gummistiefelhöhe stehen sie im Wasser und grinsen wie kleine Kinder zu uns herüber.

„Wenn man das unterschiedliche Wiesenterrain beachtet, können wir ziemlich nahe an die Büsche", ruft Melanie die paar Meter herüber. „Ich weiß nicht mehr, wo und ab wann die Böschung nach unten geht."

„Pass lieber auf und bleib weg! Wir müssen nicht so knapp an den Bach." Ich schaue sorgenvoll zu den zwei Damen. Hinter ihnen ist zwar noch ein bisschen Platz bis zu den ersten Stauden, die – zum Teil von Wurzeln befreit – sich gegenseitig verhakt haben, aber mein ungutes Gefühl wird erst besser, als die beiden wieder zu uns gelangen. „Komisch, ich mache mir Sorgen um euch."

„Was heißt *komisch*? Du sollst dir Sorgen machen." Melanie kann so hinreißend lächeln und ich muss ihr einfach spontan einen Kuss geben.

Gut gelaunt wandern wir weiter und bleiben, Andys Rat folgend, eng am Rand des ausgetretenen Wassers. Je nach Grundhöhe reicht die Überschwemmung einmal mehr oder weniger weit vom Bach weg ins Gelände. Wenn möglich, queren wir die Hindernisse einfach. Mit den Gummistiefeln kein Problem. Uns kommt zugute, dass tatsächlich fast überall eine Entrümpelung stattfand. Wenn ab und zu entwurzelte Bäume liegen geblieben sind, dann umrunden wir diese auf der vom Seerückstau befreiten Wiese. Eine leichte Aufgabe.

Beim ersten geschlossenen Waldstück braucht es etwas mehr Zeit bis ins Freie der nächsten Lichtung, Andy und ich finden nicht sofort die Stelle der gestrigen Durchwanderung. Von der anderen Seite ergab sich eigentlich ohne viel nachzudenken von selbst der passende Platz. Herüben wollten wir zuerst unsere Fußspuren finden und das dauerte ein bisschen. Ab jetzt wird es noch einfacher, die nicht mehr aufgerichtete Wiese zeigt einen deutlichen Trampelpfad, dem wir folgen. Von hier ist gut der braune Schotterabgang beim Lifthang zu sehen und wir erklären unseren Frauen, in welche Höhe es uns gestern verschlagen hatte.

Schneller als gedacht kommt der Ort der Aufgabe. Andy, Stefan und ich wollten einfach nicht mehr. Heute sind wir in so kurzer Zeit an dieser Stelle, die Tage vorher war alles viel schwieriger. Brombeerhecken und Gestrüpp sind hinderlicher als einfaches Gras. Nun stehen wir wieder an der leichten Erhöhung und betrachten genau wie am vergangenen Tag das ausgetretene Wasser, das hier noch immer die ganze Senke davor geflutet hat. Für uns Männer, die schon einmal da waren, schaut alles gleich aus. Einzig das Wetter ist bei Weitem besser und wir sind nicht so müde und nass. Für die anderen zwei Augenpaare ist alles neu und die beiden Frauen deuten aufgeregt umher.

„Dort rüber bin ich schon oft mit dem Rad gefahren. Jetzt ist der ganze Weg überflutet und das Wasser reicht noch weiter hinten in den Wald hinein." Melanie hat Michaelas Arm genommen und zeigt den Bach hinauf. „Da, ungefähr, beim Wald hinter der Senke, wird es felsiger und man konnte am Ufer entlang ein kurzes steiles Stück bis zum Wasserfall fahren und von oben hinunterschauen."

„Genau, ich war auch oft hier. Nur Wasser habe ich dabei nie angetroffen. Romantisch, das stimmt, aber …"

„Wartet mal!" Andy hat sich neben seine Frau gestellt und unterbricht die beiden bei ihrem Gespräch. „Erich, komm her! Wir müssen uns überlegen, ob wir beim Bachufer bleiben können, oder sollen …"

„Ich glaube schon, zumindest sollte einmal hingeschaut werden. So viel ich weiß, sind sehr viele Felsen da vorne und wenn ein Weiterkommen schwer beziehungsweise unmöglich ist, müssen wir sowieso wieder auf die andere Seite zur Straße. Was hättest du noch sagen wollen?"

„Was? Ach so. Ich war nicht sehr oft da, kenne den Einschnitt nicht besonders und …"

„Aber ich." Melanie meldet sich jetzt wieder zu Wort und während sie ihren Rucksack von der Schulter nimmt, meint sie weiter: „Wer schon einmal da war, weiß es. Da vorne macht der Bach eine Kurve, an den Büschen ist sie zu erkennen, und er kommt aus dem Wald dort. Ein kleiner Weg ist zwischen Böschung und Schotterbett. Er steigt ein bisschen und wird immer steiniger. Mittendrin ist besagter Wasserfall zwischen Felsen und Waldboden. Der Bach kommt vom linken Taleinschnitt aus einem Wasserschutzgebiet weiter oben. Irgendwann, relativ kurz mit dem Rad, kommt eine Abzweigung und ziemlich bald dann auch schon die ersten Häuser der Ortschaft. In der Nähe des Wirtshauses erreicht man die Straße. Puh, jetzt habe ich aber Durst!" Sie unterbricht und schraubt innerhalb ihrer Verpackung, ohne hinzusehen, an einem Verschluss.

Eine gute Idee. Wir tun es ihr gleich. Jeder schultert seinen Rucksack und nimmt schweigend ein paar Schlucke aus den mitgenommenen Mineralwasserflaschen, die aus dem Bestand von Gisela und Hannes stammen.

„Das Wasser ist aber schon viel weniger und ruhiger als gestern. Was meinst du?" Andy richtet diese Frage nach kurzer Pause an mich, während Michaela und Melanie ihre Flaschen wieder einpacken. Die beiden schauen mir dabei abwartend ins Gesicht.

„Ja, es scheint so. Aber es ist immer noch Hochwasser. Es ist schon einige Zeit her, aber als ich das letzte Mal mit dem Fahrrad da durchgefahren bin …" Mit einer Hand am Kinn berichte ich zögernd weiter: „Melanie hat etwas von einer Abzweigung gesagt, das stimmt, aber es kommt auch noch eine kleine Brücke von dem Bach, der aus dem rechten Taleinschnitt durch die ganze Ortschaft fließt und sich oberhalb mit dem anderen Wasser vereinigt. Wenn jetzt dieses normalerweise winzige Bächlein auch übergetreten ist, dann kann quer im Wald überall Überschwemmung herrschen."

„Sollen wir also wieder zur Straße?"

„Nein, wir bleiben bei unserem Entschluss. Wir schauen uns den Bachverlauf an."

„Melanie, pass auf, wo du hintrittst!" Andy ruft die Warnung mit lauter das Getöse übertönender Stimme. Vor ihm sind Melanie, Michaela und ich ein Stückchen neben dem ursprünglichen Weg am Felsenrand fast schon mit dem brodelnden Wasser in Berührung, das nun kein Wasserfall ist, sondern – das ganze Becken ausfüllend – zwischen der Enge weiter oben einfach herunterfließt. Brutal wild. Wir sind eigentlich verrückt, da hochzuklettern!

„Melanie, pass auf, unter dir!" Andys Schrei lässt mich herumwirbeln und ich bemerke, dass sich unter ihren Füßen ein Stein gelockert haben muss. Entsetzt starrt sie mich an, ich sehe ihre großen Augen, und ganz langsam greifen ihre Hände ins Leere, erwischen ein paar Grasbüschel, die nicht halten. Sie verliert das Gleichgewicht.

„Nicht!", schreit Andy. Er versucht, Melanie zu fangen, bekommt aber keinen Kontakt und verfehlt sie weit.

Michaela schaut erstarrt nach hinten.

Um Gottes willen, meine Mel! Ich springe ihr nach. Es ist nur am Anfang so wild. Sie darf nicht untertauchen!

„Mel!" Ich reiße mir den Rucksack vom Leib, den Andy auffängt, und springe ihr nach. Fast zur selben Zeit landen wir im Wasser, sie entsetzt, ich aber bewusst – und das ist ein Vorteil. Sofort werden wir weggerissen, strampelnd kann ich ihren Rucksack fassen und drücke sie nach oben.

„Oben blei…", versucht meine Stimme ihr klar zu machen. Gott sei Dank ist bei einem kurzen Blickkontakt keine Panik zu bemerken. Dann werden wir schon beide untergetaucht und verschwinden im Wasser. Gleichzeitig kommen wir kurze Zeit danach aus dem Wellental und schnappen nach Luft.

Nur nicht Wasser schlucken! Alles, nur nicht das! Die Luft anhalten und halbwegs gerade bleiben! Rudern! Wenn ich nur etwas sehen könnte. Hoffentlich sind nirgends Steine.

Langsam kommt mir die Kälte unter dem ballonartig aufgeblasenen Anorak zu Bewusstsein. Bei mir und bei ihr wahrscheinlich ähnlich. Momentan sind wir wieder untergetaucht. Ich habe die Augen geöffnet und bemerke nur sprudelnde Gischt. Eine Hand ist in ihren Rucksack verkrallt, mit der anderen versuchen rudernde Bewegungen, uns wieder auftauchen zu lassen. Ihre Beine stoßen an die meinen, irgendwie kommen unsere Köpfe wieder aus dem Wasser. Sofort schnappen wir nach Luft. Ich höre laut einen gepressten Ton. Sie atmet. Gleich danach reißt es uns wieder nach unten, diesmal ein Wirbel, der uns purzeln lässt. Ganz kurz habe ich vorher den oberen Rand des unteren Uferabschnittes gesehen. Jetzt kommen die schlimmsten Wellen, aber danach wird es ruhiger. Ich hoffe es. Das noch durchstehen! Nach der ersten Drehung verliere ich ihren Rucksack, nach der zweiten schrammt meine Schulter den Grund, rund herum blubbert es und ich sehe lauter Blasen. Allmählich wird die Luft knapp, ein Druck, das unangenehme Gefühl des angehaltenen Atems wird bemerkbar.

Ich muss irgendwie hinauf! Ich muss! Melanie!

Meine Arme schlagen wild umher. Ich bin oben. Gierig saugen sich meine Lungen voll. Der ärgste Lärm scheint jetzt ein bisschen weiter weg. Gleichzeitig dringt ins Unterbewusstsein: Das Wasser wird ruhiger, kein Untertauchen mehr.

Wo ist Mel?

Entsetzt blicke ich mich um. Ich kann ihren Kopf nicht sehen. Die Angst schnürt mir die Kehle zu.

Wo bist du? Komm schon, tauche auf!

„Melanie! Erich!" Im Hintergrund ertönen die Stimmen von Michaela und Andy, die nicht mehr weit weg sind und uns nachhetzen.

Da, ein Stück neben mir – ihr Anorak! Melanie treibt mit dem Kopf nach unten. Mit ungutem Gefühl ziehe ich sie heran und nehme ihren Kopf.

Ich muss zum Rand! Bitte sei nur bewusstlos!

Irgendetwas hat sie am Kopf getroffen. Eine Schramme und frische Blutstropfen sind zu sehen und während ich Grund unter den Füßen spüre und zum Ufer dränge, reißen zwei Arme Melanie von mir weg.

Andy steht im Wasser und schreit nur: „Um Gottes willen, lass dir helfen!"

Beim Herausheben muss sich ihr Magen zusammengepresst haben, denn würgende Geräusche und ächzendes Luftholen sind zu hören. Melanie ist wieder bei Besinnung.

Michaela, die jetzt auch hier ist, beugt sich neben sie und hält ihr den Arm, noch immer atemlos vom Herlaufen. Mir ist Andy beim Herausstolpern behilflich, das Wasser rinnt aus den Gummistiefeln und die restliche Kleidung klebt am Körper. Als Erstes gilt ein Blick meiner Frau.

„Geht es wieder? Du hast mir vielleicht einen Schrecken in die Glieder fahren lassen! Hab ich eine Angst um dich gehabt!"

„Was heißt *du*? Wir!" Andy stottert aufgelöst, während Melanie gleichzeitig einen neuerlichen Würgeanfall bekommt und sich übergibt.

„Zeig deinen Kopf her!" Ich unterstütze sie vorsichtig, gebe ihr einen Kuss und streiche über ihre nassen Haare.

Melanie lächelt bereits wieder zaghaft, schluckt noch ein paar Mal und meint: „Mich hat irgendetwas am Kopf getroffen. Ich muss kurz weg gewesen sein. Ich weiß nichts mehr."

„Gar nichts?"

„Nein, nur nach dem Untertauchen in den Wellen. Ich habe dich immer neben mir gespürt. Danke."

Wir umarmen uns, das Leben hat die Oberhand behalten. Aufatmend schauen wir uns an. Nur eine kleine Schramme, die bereits wieder zu bluten aufgehört hat, ziert ihr blasses Gesicht. Glimpflich abgelaufen. Wir setzen uns beide nieder, jetzt dringt die Kälte der nassen Bekleidung unangenehm in den Vordergrund und ich meine zögernd: „Wir sollten uns ausziehen. Das Zeug in dem Rucksack wird aber auch unbrauchbar sein. Was machen wir?"

„Zieht euch aus! Macht auf Nudisten!" Andy ist jetzt wieder besser bei Stimme und auch Michaela wird lebhafter. Unmittelbar nach erfolgter Antwort bewegt sich Andy von uns weg und beide meinen noch gleichzeitig: „Ich suche dort am Rand Holzteile. Ich werde ein Feuer machen."

„Melanie, du kannst meine Reservewäsche haben, bis deine Teile trocken sind. Ein bisschen besser als gar nichts." Michaela steht bereits mit ihrem geöffneten Rucksack neben Melanie und hilft ihr beim Weglegen der durchnässten Sachen.

„Hier ist alles nass gewesen. Wo soll ich da trockenes Holz finden? Ich habe auch eine Unterhose mit." Andy kommt wieder ratlos zu uns und zeigt lächelnd auf seinen am Boden liegenden Träger. „Ich gehe etwas tiefer und höher in den Wald. Komme gleich wieder. Nimm dir einfach! Deinen Rucksack habe ich da drüben hingeschmissen. Ich weiß nicht, ob du Reservewäsche dabei hast."

„Danke, habe nur einen Pulli und den Schlafsack mit. Das hilft jetzt wenig. Ich werde dein Angebot annehmen."

Gut, dass heute für die Jahreszeit halbwegs normale Temperaturen herrschen und dass es gänzlich zu regnen aufgehört hat. Trotzdem ist uns anfangs ziemlich kalt und wir reiben uns gegenseitig die Wärme in die Glieder. Nur mit fremder Unterwäsche bekleidet – ein seltsames Bild.

Dieser Fehltritt bringt unseren ganzen Plan durcheinander. Von hier kann es eigentlich nicht mehr sehr weit sein, vorausgesetzt, hinter dem Wasserfall sind nicht noch andere Hindernisse. Wir müssen unbedingt den Ort erreichen und jetzt diese Unterbrechung! So ein Pech! Aber ich soll nicht undankbar sein. Zeit spielt momentan eigentlich die kleinste Rolle.

„Ich habe weiter oben trockenes Holz gefunden. Fürs Erste wird es reichen. Nachschub ist auch noch dort." Andy kommt mit einigen abgebrochenen Aststücken zu uns. Michaela hat in der Nähe eines Baumes auf einem wegstehenden Zweig einige unserer Kleidungsstücke aufgehängt. Vorher hat sie diese ausgewunden und nun deutet sie ihrem Mann auf die Erde darunter. „Hier, mach das Feuer in der Nähe! Das hilft vielleicht schneller."

Andy kniet schon am Boden und tut sich schwer, die Äste wollen nicht zu brennen beginnen. Einige Zutaten aus bereits trockenen Wiesenteilen helfen dann doch, eine kleine Rauchwolke und späteres Knistern zeigen den Erfolg an.

„Was meint ihr? Können wir euch alleine lassen?" Andy hat sich aufgerichtet und schaut mich fragend an.

„Möchtet ihr in den Ort weitergehen?"

„Nur, wenn ihr es wollt. Ich bin mir nicht sicher, wie es euch geht. Andererseits haben wir zwei eine innere Unruhe und wollen endlich Gewissheit."

„Kann ich verstehen." Zögernd schaue ich Melanie an und als diese nickt, meine ich noch: „Klar, haut ab! Wir kommen so schnell wie möglich nach. Wenn ihr nicht wiederkommt, wissen wir wenigstens, dass man diesen Weg weiterverfolgen kann. Passt aber besser auf und macht es nicht so, wie wir!"

Zwei Stunden sind Michaela und Andy schon von uns weg. Sie sind nicht mehr zurückgekommen. Eigentlich ein gutes Zeichen. Der Ort muss auf dem gewählten Weg erreichbar sein, sonst wären sie wieder bei uns aufgetaucht. Wir werden ihnen folgen. Unsere Kleidung ist allmählich trockener geworden, die noch vorhandene Restfeuchte ist auszuhalten. Ich ziehe meine Unterwäsche eben an und Melanie probiert gerade ihr Oberhemd. Alle Teile haben wir, ein bisschen eingeraucht, vom Ast genommen und vor Kurzem sauber in der Wiese ausgebreitet. Das Feuer ist mittlerweile aus, lediglich eine Glut zeigt die Stelle der vergangenen Flammen.

Anfangs haben wir uns nur aufgewärmt, dabei über unser Glück in dem Wasser gesprochen und uns dann neben dem Feuer geliebt. Es ist einfach so über uns gekommen. Wild, wie am Beginn einer neuen Beziehung. Es tat uns gut.

Wir glauben, dass der Bach weiter Wasser verloren hat, die Überschwemmungszone wird immer kleiner, es müsste alles eigentlich leichter werden.

„Traust du dich noch einmal den Weg hinauf?"

„Warum nicht?", antwortet mir Melanie. „Da Andy und Michaela nicht bei uns vorbeigeschwommen sind, muss es zu schaffen sein." Sie lächelt mich an.

Habe ich eine Angst um sie gehabt! Nicht am Anfang im Wasser, sondern nachher, als sie so neben mir getrieben ist. Dieses Bild wird noch öfter in meinem Geist erscheinen.

„Bei mir geht die Kleidung so halbwegs. Und bei dir?"

„Bei mir eigentlich auch." Sie rümpft die Nase. „Nur der Geruch von Geselchtem (Geräuchertem). Aber lass uns aufbrechen!"

Wir schultern unsere Rucksäcke, ich trete noch einmal in die Asche und dann verlassen wir beide, ein bisschen traurig wirkend, eine trotz des Unfalls lieb gewonnene Stätte.

„Schau, ein bisschen weniger ist die Fließgeschwindigkeit jetzt, aber immer noch genug. Dort oben bist du hineingefallen und ich dir nachgesprungen."

„Danke, mein Retter!" Melanie gibt mir einen Kuss mit einem Augenzwinkern.

Schäumend wild schießt das Wasser hinunter, ein Stückchen weiter unterhalb, etwas tiefer als vor zwei Stunden zwar, aber ausreichend beeindruckend für uns, die wir vor Kurzem da drinnen mitgerissen wurden. Deutlich ist die Stelle mit den Wirbeln zu sehen. Mir wird im Nachhinein Angst und Bange. Beide können wir froh sein, dass Melanie nicht weiter oben ausgerutscht ist, denn beim eigentlichen Fall hätte uns die Wasserwucht auf den Untergrund gepresst. Das wäre sicherlich nicht so glimpflich ausgegangen wie in der nachfolgenden Schräge.

„Pass jetzt aber ein bisschen mehr auf, wenn wir da hinaufklettern!"

Der Wasserrand ist deutlich tiefer, wir bewegen uns trotzdem übervorsichtig an der Bruchstelle vorbei und erreichen erleichtert den oberen felsigen Rand, der noch immer abseits vom ursprünglichen Weg liegt, denn dieser ist hier an der höchsten Stelle voller Wasser.

„Wie werden die beiden weitergegangen sein?" Ich zeige auf den vor uns liegenden See, der weit nach rechts in die Büsche und Bäume reicht, sicherlich aber irgendwo aufhören muss.

„Bleiben wir einfach am Felsenrand. Wir brauchen den Weg ja nicht. Wahrscheinlich ist das Wasser von dem kleinen Bach und von dem anderen zusammengekommen. Michaela und Andy werden auch so gedacht haben. Es bleibt gar nichts anderes übrig." Melanie beantwortet meine Frage und zeigt an den teilweise mit Moos bewachsenen größeren Steinbrocken entlang. „Da sollte es gehen."

Immer wieder behindern herabhängende Äste unser Vorwärtskommen, der Pflanzenbewuchs ist hier mit Nadelbäumen nicht sehr dicht und der vergangene Sturm hat auch keine sichtbaren Schäden hinterlassen. Nur das Hochwasser der letzten Tage ist unser Problem. Hier drinnen waren wir noch nie. Wir wissen nicht, wie weit die Felsen reichen. Wenn die Wände steiler werden, ist diese Richtung versperrt. Bei der

Straße am anderen Ende waren beim oftmaligen Vorbeifahren keine Steine sichtbar, man hat aber auch nie darauf geachtet, irgendwo gleicht sich die Fläche sicher aus. Wahrscheinlich ist der rechte Bergrand längere Zeit leicht steigend und irgendwann auf Wasserfallniveau. Der Ort an sich macht in der Erinnerung einen ebenen Eindruck.

Die Gesteinsbrocken werden niedriger, aber breiter. Und sie verlagern sich nach innen. Beim Testen der Wassertiefe fallen mir abgebrochene Zweige auf. Michaela und Andy waren hier.

„Welche Richtung haben sie gewählt? Was meinst du?" Ich deute auf die abgerissenen Äste. „Die zwei waren da und haben uns keinen Zettel hinterlassen. Was ist am vernünftigsten?"

„Ich weiß es nicht", antwortet mir Melanie und taucht vorsichtig vom Rand einen Fuß in das Wasser. „Da durch sind sie sicher nicht. Hier ist es noch zu tief. Von wo sollen die auch einen Zettel hernehmen?"

Missmutig meine ich: „Ich klettere einmal auf die höchste Stelle hier daneben. Warte du eine Weile! Das mit dem Zettel war doch nur ein Spaß."

Mit den Gummistiefeln ist der gewählte Weg beschwerlicher als gedacht, einige Spuren auf dem Moos zeigen aber, dass ich nicht der Erste auf diesem Felsen bin. Langsam kommt, auf Händen und Füßen geklettert, der obere Rand näher.

„Die sind hier hinauf. Einige Spuren waren deutlich."

„Siehst du was?"

„Nur, dass weiter unten kein Wasser ist. Aber das ist schon besser als nichts. Komm, ich helfe dir!"

Melanie müht sich am Anfang genau wie ich, den letzten Rest ziehe ich sie herauf und wir halten uns wieder einmal in den Armen. Viel sieht man nicht von hier oben: hinten einen Teil der Überschwemmung und vorne einige Buschreihen und nun auch ein paar umgeworfene Bäume. Die Sturmschäden haben uns wieder.

„Ich glaube, da unten kommen wir trotzdem noch so halbwegs weiter, eine andere Möglichkeit sehe ich nicht."

Melanie löst sich aus meiner Umklammerung und zeigt auf und ab. „Da hinauf versuchen wir es."

Möglicherweise ist der kleine Bachzulauf lange Zeit innerhalb der Steinerhöhung und es bleibt trocken. Die beiden vor uns werden nichts anderes getan haben.

Wieder unten angekommen, diesmal auf der anderen Seite, werden weitere Entscheidungen für uns ganz leicht. Michaela und Andy haben in den Pflanzen deutliche Spuren hinterlassen. Wir brauchen nur den Rinnen zu folgen. Sie führen – wie von uns gedacht – tiefer nach Süden, geradewegs der Ortschaft näher.

Eine halbe Stunde passiert überhaupt nichts, dann lichten sich die bewachsenen Stellen, der Boden wird härter und nach einiger Zeit können wir keine Zeichen von den beiden mehr feststellen. Jetzt ist es sicherlich nicht mehr weit, möglicherweise haben wir es fast geschafft.

Leider wird aber der Untergrund wieder nass, von irgendwoher muss Wasser eingedrungen sein. Vielleicht der kleine Bach bei den dann nahen Häusern?

„Hier sinke ich zu tief ein." Melanie hat sich umgedreht und bedeutet mir, stehen zu bleiben. Sie ist ein paar Meter vor mir und versucht, eine seichte Stelle zu finden. Ich habe mich knapp vorher schon nicht mehr bewegt, es ist mir zu unsicher, weiterzugehen.

„Komm wieder zurück! Wir versuchen es woanders!" Meine Antwort fällt kurz aus. Mit schmatzendem Geräusch bewege ich mich auf meiner Spur nach hinten. Die Gummistiefel kleben fast in dem Morast und man hat das Gefühl, aus den Schuhen zu fallen. „Wir werden nach rechts ausweichen. Es ist mir egal, wenn wir länger brauchen. Durch diesen Sumpf will ich nicht."

Wieder auf festem Boden, bleiben wir am Rand der Überflutung, die uns bald – dem Untergrund angepasst – wieder südlich vorankommen lässt. Ab jetzt sind keine Hindernisse mehr und nach ungefähr zwanzig Minuten erreichen wir den Waldrand und sehen die ersten Häuser – mit ungewohntem Anblick vom Wiesenrand und nicht von der Dorfmitte. Es sind nur zwei, die von hier aus zu sehen sind, oder besser gesagt, die Reste davon, denn hinter diesen Gebäuden ist ein Streifen kleinerer Bäume, die den Blick auf mehr verwehren.

„Oh Gott!", flüstert Melanie neben mir.

Bei beiden Einfamilienhäusern fehlt der komplette Dachstuhl, einige Teile liegen am hinteren Waldrand und schmutzige Mauern zeigen, dass auch einmal mehr Wasser vorbeigeronnen sein muss. Zurzeit sind keine Leute dort, es ist niemand zu sehen. Bei den Grundgrenzen sind die Zäune weggerissen und quer führt eine Schlammspur in den Wald. Offensichtlich ist der Morast von vorhin der Rest dieses Ereignisses.

„Schnell, lass uns über die Wiese, bei den Häusern vorbei in den Ort gelangen!" Meine Hand deutet aufgeregt nach vorne. „Den Kirchturm kann ich dort hinten sehen. Wir kommen ungefähr in der Mitte heraus." Ich zeige Melanie neben mir das deutlich sichtbare Kreuz. „Komm, gehen wir weiter!"

Angespannt laufen wir näher an die zerstörten Gebäude heran und bemerken, dass auch die Eingangstüren und die unteren Fenster mit Wasser in Berührung gekommen sein müssen. Der Dreck reicht an einigen Stellen bis an die Ränder, aber hat die Gläser nicht eingedrückt. Momentan ist der Boden oder das Gras wieder trocken, nur eine braune Spur zeigt den ehemaligen Austritt quer bis zum Wald.

Wir gelangen zu den Häusern und können ein kurzes Stück auf geteertem Weg bis zu den die Sicht versperrenden Bäumchen ungehindert weiter. Jetzt wird es sich zeigen …

Atemlos ist Melanie ein paar Meter hinter mir. Wieso wir so schnell gelaufen sind, ist mir eigentlich nicht klar. Wahrscheinlich war der erste Anblick aus dem Wald unerwartet ein Schock und wir wollen endlich andere Personen finden. Michaela und Andy müssen ja auch irgendwo sein.

Bevor wir etwas sehen können, kommt noch eine kleine Brücke über den quer verlaufenden Bach, der mit einer Steinwand reguliert ist und bis knapp an den oberen Rand Wasser führt. Der Schlamm bei den Häusern im Hintergrund stammt offensichtlich aus diesem Gerinne. Die Brücke ist nicht beschädigt, am Geländer hängen lediglich ein paar Äste mit welkem Laub und der Boden ist voller getrocknetem Sand, der noch weiter in die Wiese reicht. Endlich behindert uns nichts mehr und das Talende mitsamt der Häuserreihe links und rechts der Straße wird sichtbar.

Neben mir höre ich ein gepresstes Ausatmen von Melanie und ihre flüsternde Stimme: „Oh weh, Erich! Wer hätte das gedacht!"

Aus dem ehemals lieblichen Bild der Ortschaft mit blühenden Sträuchern und Blumen ist ein Katastrophenszenario geworden. Schmutziger Stein- und Schlammschutt, teilweise eingestürzte Dachbalken, umgerissene Bäume und trostlos wirkende Farben des Waldes im Hintergrund sind der erste Eindruck. Einige Leute klettern in der Nähe des Wirtshauses, bei dem noch der ganze Dachstuhl vorhanden ist, auf einem höheren Geröllhügel mit Schaufeln und Spaten herum und betätigen sich mit Aufräumarbeiten. Wir machen uns bemerkbar und sie schauen zu uns herüber.

Einer aus der Gruppe winkt und ruft: „Hallo, ihr könnt nur die beiden von der Siedlung sein. Man erwartet euch."

Beim Überwinden der Distanz zu den Leuten wird uns klar, dass durch den ganzen Ort von der rechten Seite her Wasser durchgeronnen sein muss und neben den Sturmschäden zusätzlich gewütet hat. Es schaut aus wie bei schlimmsten Aufnahmen von betroffenen Niederlassungen bei Unwetterkatastrophen im Fernsehen.

„Hallo!" Einige der Leute sind uns schon öfter begegnet und wir begrüßen alle mit Handschlag.

„Die anderen beiden von euch sind vorne beim Gemeinde-amt", meint einer der Männer, der uns als Feuerwehrkommandant bekannt ist und mit dem wir mitsamt dem Bürgermeister schon einige Male beisammen gesessen haben.

„Danke. Nur kurz: Was ist bei euch passiert? Es schaut ja schlimm aus!", antworte ich mit sorgenvoller Miene.

„Schlimm? Was heißt *schlimm*? Wir haben fünf Tote, wenigstens zehn Verletzte, teilweise arg, dreißig Prozent der Häuser ohne Dach und sonst den Kram, wie ihr hier seht, und keine Hilfe von irgendwoher, wobei wir bei jedem Regenschauer erneut zu zittern anfangen. Was heißt also *schlimm*?"

„Entschuldige …"

Melanie unterbricht mich und gibt dem Sprecher von vorhin die Hand. „Ich bin entsetzt. Wir haben es verhältnismäßig leicht dagegen. Aber sagt uns, wo wir helfen können und …"

„Später. Geht zuerst zu euren Freunden! Die sind bei ihren Kindern bei …"

„Ihren Kindern?"

„Ja, der Schule ist Gott sei Dank nichts passiert und die Jugendlichen sind alle wohlauf. Aber …"

„Aber?"

„Aber ein Lehrer ist umgekommen und es ist nirgends eine gute Stimmung."

„Verstehe."

„Ihr wisst, wo das Gemeindeamt ist?" Der Feuerwehrmann zeigt die Straße hinauf.

Jetzt beteilige ich mich wieder an dem Gespräch und antworte statt Melanie, die sichtlich schockiert wirkt. „Ja, vorne beim Ortseingang. Bei den Wahlen, ist uns bekannt."

Tote und Verletzte. Hoffentlich ist ein Arzt hier! Viele Häuser ohne Dach. Wir sollten Michaela und Andy suchen.

Wir verabschieden uns mit dem Hinweis, wiederzukommen, und können beim Weitergehen erst so richtig den Umfang der Veränderungen in uns aufnehmen. Bei der Garage der Feuerwehr vorbei hat sich Schotter aufgetürmt, der hier stecken geblieben ist. Von hier bis ganz vorne zur Kirche sind Wasserverwüstungen zu sehen, links, jetzt noch nicht zu erblicken, muss über die schräge Wiese der sonst kleine Bach ausgetreten sein und von dort weg bis eigentlich zum Wasserfall gewütet haben – trotz Sperre, die am Ende des Einschnittes gebaut wurde. Die Niederschläge waren zu viel auf einmal.

Beim Wirtshaus ist das Dach komplett, beim Nebenhaus fehlt es aber zur Gänze und auch gegenüber ist einiges kaputt in der Höhe. Die sonst schönen Blumenkisten auf den Balkonen sind ohne Schmuck, weggefegt von den Gewalten des Sturmes. Eine Küchenhilfe des Wirtshauses leert rechterhand einen Eimer. Wir kennen sie und grüßen mit den Armen.

Überrascht schaut sie uns an und deutet ebenfalls ohne etwas zu sagen, um gleich darauf wieder im Inneren zu verschwinden. Sie muss ziemlich gedankenverloren sein.

Bei der nahen Kirche sind auch einige Personen draußen, die uns interessiert entgegensehen. Unter ihnen Heinrich, unser Bürgermeister, der mit ernstem Gesicht auf uns zukommt.

„Habe schon gehört, was bei euch los ist. Aber glaubt mir, hier ist es schlimmer. Mein ganzer Ort ist zerstört und wir haben Tote zu beklagen."

„Tut uns leid", antworte ich, während er meiner Frau und mir die Hand gibt. „Kennen wir wen davon?"

„Ihr nicht, glaube ich, aber Michaela. Den Lehrer ihrer Kinder hat es mit seiner Frau erwischt. Tragisch sage ich euch! Das Wasser, das durch den Ort geschossen kam! Wer es nicht gesehen hat, glaubt das nicht."

„Wir wollen die beiden treffen, in deiner Amtsstube, wurde uns von denen da unten erzählt. Es soll Verletzte geben. Wo sind die?" Melanie hat sich in das Gespräch eingeschaltet. Mit einem Arm zeigt sie in Richtung Dorfende.

„Alle in dem Haus. Wir haben zwei Ärzte dort, aber keine vernünftigen Medikamente. Ich habe vorher mit Andy und Michaela gesprochen. Ihr wollt eine Nacht bleiben und euch mit uns zusammen beraten, haben sie gesagt." Nach kurzem Zögern fährt er fort: „Allmählich sollten Hilfsgüter hier eintreffen. Es kann doch nicht überall so schlimm gewesen sein ... Äh, du bist ins Wasser gefallen, wurde mir erzählt?" Heinrich verzieht seinen Mund dabei spöttisch und blinzelt mit einem Auge. Meine Frau errötet leicht, etwas Neues für mich.

„Ja, schon, war aber nicht schlimm. Ich hatte ja ihn." Melanie deutet auf mich. Wir müssen alle drei schmunzeln und nach einer kleinen Unterbrechung meine ich weiter: „Wir suchen jetzt erst einmal die beiden! Sie werden auf uns warten. Man sieht sich nachher!"

Heinrich geht wieder zu seinen Leuten und wir folgen der Straße eine kleine Kurve nach rechts, an den hier ganz eng stehenden Häusern vorbei. Leicht erhöht, ist an dieser Stelle kein Hochwasser mehr, wie am saubereren Boden zu bemerken. Lediglich Beschädigungen vom Wind liegen herum. Ein entwurzelter Baum behindert uns ein bisschen, er lässt sich aber leicht über einen Gartengrund umrunden. Gleich danach kommt das Gebäude der Schule und dahinter das Gemeindeamt. Einige Kinder sind im Freien, unter ihnen auch die zwei Mädchen der Bergers, die uns bemerken und herüberlaufen.

„Hallo!" Melanie begrüßt erleichtert die beiden. „Gott sei Dank, euch ist nichts passiert! Wo sind eure Eltern?"

„Gleich daneben bei den Verletzten."

„Wo?"

„Im Nebenhaus, im Bürgermeisterhaus. Wir sollen nach euch Ausschau halten. Sie haben gesagt, ihr würdet kommen."

„Okay. Nun sind wir da. War es schlimm in der Schule?"

„Grauenhaft, aber wir haben es überstanden. Wir hatten nur Angst, Angst und nochmals Angst."

„Erzählt mir später davon, jetzt suchen wir erst einmal eure Eltern. Alles wird besser. Ihr werdet sehen." Wir verabschieden uns wieder und verlassen mit angenehmerem Gefühl den Schulhof. Zumindest unsere Einheit scheint insgesamt großes Glück gehabt zu haben. Jetzt wird für Michaela beziehungsweise auch für Andy der Schaden am Haus leichter zu ertragen sein und wir können beruhigter auf Hilfe warten. Die Unklarheit, was mit den Kindern und was mit dem Ort ist, war schon eine psychische Belastung. Auch für uns. Jetzt bleibt nur noch die Frage der Allgemeinsituation zu klären und wie die Leute hier uns brauchen können. Unsere Freunde sollen nicht länger über uns im Unklaren bleiben.

„Wie können wir helfen?" Ich unterhalte mich mit dem praktischen Arzt der Ortschaft. Wir haben uns bei der Ankunft im Gemeindehaus, das zum Krankenhaus umfunktioniert wurde, kurz mit Michaela und Andy besprochen, die, nachdem sie mit ihren Kindern beisammen waren, ungefähr eine Stunde jetzt in diesem Haus aktiv sind. Sie waren froh, meine Frau und mich zu sehen, und beiden merkt man deutlich die Erleichterung über den guten Ausgang unseres Abenteuers und zusätzlich noch ihre jetzt wesentlich befreiendere Allgemeinsituation an.

„Bitte unterstützt die Leichtverletzten beim Essen. Sorgen machen mir die zwei dort drüben. Ohne Geräte …" Stirnrunzelnd zeigt der Mann in den Nachbarraum. Die Bürokanzlei dient jetzt als Erste-Hilfe-Anlaufstelle beziehungsweise auch als Treffpunkt für die ganze Ortschaft.

Fünf Tote gab es zu beklagen, zwei beim Sturm, ein Opfer beim ersten Hochwasser und zwei weitere beim zweiten Unwetter. Daneben einige Verletzungen, mehr oder minder schwer, und die beiden leider kritisch Verunglückten.

Man hat uns kurz die Katastrophenszenarien beschrieben, die sich in diesem Ort ereignet haben. Nur in Stichworten, weil man meinte, abends genug Zeit zum Erzählen zu finden. Eine Nacht bleiben wir, das haben Michaela und Andy schon kundgetan. Der einzige wirkliche Arzt findet seit drei Tagen keine Ruhe mehr und ist dementsprechend fertig. Der zweite Doktor kennt sich mit Tieren aus, hat die gleiche Menge Arbeit hinter sich und ist ebenfalls an der Grenze der Leistungsfähigkeit angelangt. Leider sind wir keine Mediziner und nur bedingt einsetzbar. Aber wir wollen helfen und stellen uns für den Augenblick zur Verfügung.

Der Wirt hat vor Kurzem einige Töpfe mit warmen Speisen vorbeigebracht, eine bereits eingespielte Routine. Zwei Mal am Tag wird etwas hergetragen, jetzt ist das Abendessen an der Reihe. Wir können die Ärzte entlasten.

„Haben sie Chancen?", so meine Frage.

„Schwer zu sagen. Uns fehlen Blutkonserven. Eigentlich alles." Gehetzt verabschiedet er sich schon wieder mit unruhigem Blick. „Aber genug besprochen! Ich muss weiter!" Der Arzt geht in den Raum mit den Schwerverletzten und trifft sich dort mit seinem Fast-Kollegen, der neben uns ein paar Verbände gewechselt hat. Dabei waren seine aufmunternden Worte mit den Verunglückten wohltuend mitanzuhören. Wir, Michaela, Melanie, Andy und ich, suchen uns Teller, die frisch gewaschen seit dem letzten Essen schon hier sind, und beginnen mit der Essensverteilung.

Tagebuch: Tag 4

Diesmal wollten Michaela und meine Frau beim Versuch, den Ort zu erreichen, mit. Wie die letzten Tage beim Frühstück – diesmal nachher und nicht mehr bei uns – wurde von der Allgemeinheit diese Entscheidung für den Tag getroffen. Katharina und Stefan wollen den Seeanfang inspizieren, die anderen scheinbar nur ausruhen oder Ähnliches.

Der Bach ist immer noch aus den Ufern getreten. Am Rand kommen wir aber schnell weiter und erreichen bald den Wald vor dem Wasserfall. Unglück mit Melanie. Beim Weg zum oberen Rand des Wasserfalls ausgerutscht und in die Fluten gestürzt. Brenzliche Situation. Ich bin nachgesprungen, Gott sei Dank alles gut gegangen. Blieben zwei Stunden bei einem Feuer zum Trocknen. Michaela und Andy in der Zwischenzeit im Ort bei ihren Kindern, denen nichts passiert ist.

Kommen am Nachmittag ebenfalls in den ziemlich veränderten Ort. Man hat uns am Abend einen guten Überblick über die Ereignisse seit dem ersten Sturm gegeben. Ich versuche im Anhang, in Reihenfolge zu schildern.

Es gab leider fünf Tote und zwei Schwerverletzte, wobei es nicht sicher ist, ob für diese Rettung möglich ist. Ein schwerer Schlag für die Ortschaft. Die Armbrüche und andere leichtere Verletzungen sind kein Problem. Der Arzt und der Tierarzt sind übermenschlich beschäftigt gewesen beziehungsweise sind es noch.

Werden morgen mit Heinrich weitere Vorgehensweisen besprechen, heute Abend wollte keiner mehr, zu müde. Wir schlafen in der Schule, dort ist zwar die vordere Wand beschädigt, aber so lange es trocken ist, kein Problem. Die Kinder der Bergers haben sich schweren Herzens einverstanden erklärt, noch im Ort zu bleiben. Mit ihrer Bekleidung ist der Rückmarsch zu unseren Häusern nicht ratsam. Einige von uns werden sowieso gleich wiederkommen. Außerdem, lange kann Hilfe in größerem Ausmaß nicht mehr ausbleiben. Höchstens ein paar Tage noch. Man kann uns ja nicht vergessen haben. Es fehlt lediglich der Strom und der Kontakt nach außen. Funkgeräte funktionieren nicht, batteriebetriebene Anlagen hat keiner hier.

Anhang:

Schilderung der Naturgewalten nach Erzählungen von Ortsbewohnern:

Durch die Übertragung in den Medien und den Alarm im Ortszentrum war auch hier ausreichend Zeit, um Vorkehrungen zum Bevölkerungsschutz zu treffen. Einigen Leuten wurde der Grund des Sirenengeheuls mündlich mitgeteilt, die Älteren wurden an den Haustüren gewarnt. Eine Viertelstunde genügte. Drei Personen waren beim beginnenden Sturm noch im Freien und konnten sich auf nahen Kellertreppen schützen. In den schlimmsten fünf Minuten trafen, ähnlich wie bei uns, vom Gebirgsrand, der Windseite, entwurzelte Bäume drei Häuser. Eines am Ortsbeginn vor dem Gemeindeamt wurde dabei vollkommen zerstört, in den aufgelösten Mauerresten kamen eine Frau und ein Mann ums Leben.

Alle Dachschäden passierten in diesen Minuten, die Leute waren in den tiefsten Räumen, bekamen fürchterliches Krachen und Ächzen mit und bei dem fast gleichzeitig einsetzenden Regen mussten alle sofort aus den Kellern, um sich zu retten.

In der Schule waren alle Kinder in den Werkzimmern versammelt und ließen das Getöse über sich ergehen. Wie durch ein Wunder traf kein Baum das große Haus, lediglich eine Seitenmauer wurde leicht beschädigt. Beim ersten starken Regen kam relativ viel Wasser in den Innenraum. Die vorhandenen Lehrer waren Herren der Lage und meisterten die Situation mit den Jugendlichen bravourös.

Der einsetzende Regen mit den Vermurungen traf den Ort dann schlimm. Die betonierte Sperre im hinteren Taleinschnitt, bei bisherigen Gewittern vollkommen ausreichend, um die herabstürzenden Wassermassen aufzuhalten und die Fließgeschwindigkeit in dem regulierten Bach durch die Dorfmitte zu lenken, waren schnell verlegt und einem Augenzeugen wurde das wie bei einem geschlossenen Staudamm oben übertretende Wasser und der anschließende Bruch beinahe zum Verhängnis. In der Nähe der Sperre, bei den ersten Häusern am Rand bei den mündlichen Warnungen nicht mehr rechtzeitig weggekommen, bekam er den Sturm und das erste Hochwasser live mit. Seine Erzählung nachfolgend wiedergegeben:

Komme gerade noch zu einem Kellerrand, wo ich mich an den Eisengittern anhalten kann. Der Orkan war plötzlich da und so stark, dass ich nur noch kriechend die Schutzzone erreiche. Alle möglichen Pflanzen und Zaunteile fliegen durch die Luft. Ganze Bäume werden beim Taleinschnitt entwurzelt. Das sirrende Getöse in der Luft ist so unheimlich, dass ich mit geschlossenen Augen einfach beim gemauerten Stiegenrand liegen bleibe. Wenn der Lärm leiser und die Böen weniger wild sind, versuche ich, in dem stark einsetzenden Regen überhaupt etwas zu erkennen. Mit dem Windlärm dringt zusätzlich ein lautes Wassergeräusch an meine Ohren. Ein Blick zum Wildwasserschutz macht mir Angst. Durch ein paar Büsche und die Sichtbehinderungen des Regens verdeckt, ist die Ursache der wahrscheinlichen Verstopfung nicht sichtbar. Lediglich die Wassermassen, die über den Beton schwappen, erzeugen dieses laute Rauschen. Die nachfolgende Bachsanierung ist umsonst, der Bachlauf ist leer, das Wasser ist auf der Wiese daneben und rinnt in Richtung Kirche.
Ein Krachen lässt mich zusammenzucken. Vom Berg mitgerissene Steine oder ganze Bäume donnern gegen die Mauer und bringen diese zum Einsturz. Ich werde dieses Bild nie mehr

vergessen, das bleibt in meinem Kopf. Ganz langsam bricht der Damm. Betonteile, Wasser, Pflanzen, alles stürzt in den Bachlauf und kommt mit Getöse wieder heraus. Das erste Haus wird getroffen. Die Steine und alles andere schwappen über die Terrasse durch geborstene Türen und Fenster in das Innere. Der Sohn des dort wohnenden Ehepaares kommt leider im Stiegenhaus ums Leben. Er hatte eine leichte Behinderung, er konnte sich nicht mehr retten.

Die nächsten zwei Häuser halten, für mich Gott sei Dank, die meisten mitgerissenen schwereren Teile auf, sonst wäre in dieser Minute das Ende nahe gewesen. Die Wasserreste haben mich wie bei Wellen im Meer aufgehoben, ohne das Eisengeländer gäbe es mich nicht mehr. Es dauerte nicht lange und währte nur kurz, bis ich aber wieder Luft bekam, vergingen endlos scheinende Sekunden. Ich wäre beinahe ertrunken.

Dies wurde mir heute Abend in etwa so erzählt. Weiteres zusammenfassend:

Das Wasser ist an der Kirche vorbei durch den Ort geronnen und hat jeden Keller auf dem Weg geflutet. Die Menge war aber für keinen mehr gefährlich, hat sich verlaufen, und am Ende des Ortes war von einem Hochwasser am ersten Tag nichts zu bemerken. Ein Teil der Häuser wurden abgedeckt und so, wie bei uns, wurden am nächsten Tag die ersten Hilfsaktionen organisiert. Verletzungen behandelten die beiden Ärzte im Gemeindeamt, das Krankenhausstatus bekam. Die drei toten Personen wurden mühselig geborgen und in der Kirche im kühlen Keller bis jetzt in Trauer aufgebahrt. Eine kurze Gedenkansprache und Trost spendende Worte vom alten Pfarrer wurden gleichzeitig mit einer Rede vom Bürgermeister am nächsten Abend für den Informationsaustausch in der Gemeinde verwendet. Es waren alle Einwohner in und rund um das Gotteshaus.

Der starke Regen am nächsten Tag hat dann innerhalb kürzester Zeit die nicht mehr versickerten und von allen Seiten heranströmenden Wassermassen durch den ganzen Ort fließen lassen und die von uns gesehenen Schäden verursacht. Tragisch war, dass bei dem Versuch, seinen noch nicht fertig gestellten Rohbau zu retten, das Lehrerehepaar ums Leben kam. Sie schafften es nicht, den Grund wasserfrei zu halten. Improvisierte Steher wurden unterspült und der herabstürzende Balkon begrub beide unter sich. Beim Rettungsversuch wurden die Eltern auch noch verschüttet und liegen schwer verletzt im separaten Zimmer im Gemeindeamt.

Am Abend wieder Trauergottesdienst für nunmehr fünf Tote. Fürsprache für die verletzten Eltern und Bitte um Hilfe. Die wird hoffentlich bald keine göttliche Macht, sondern – wenn noch vorhanden – unsere Regierung schicken.

5

„Katharina, geht es?"

„Natürlich geht es. Ich bin nur ein bisschen klein für diese Baumteile da um mich."

Stefan hat ihr bei der Frage vorsorglich die Hand gegeben und mildert mit seiner Hilfe Katharinas Verärgerung. Die beiden sind tatsächlich alleine aufgebrochen, um, wie angedeutet, den Überschwemmungsrand des Sees auszuloten.

Bei den Landwirten vorbei, die keine Hochwasserprobleme mehr hatten, wanderten sie am Bach entlang weiter und erreichten relativ leicht und schnell die Überflutungszone des noch immer viel zu hohen Sees.

Seit ihrem Aufbruch regnet es nicht mehr, allgemein scheint die Wetterlage besser. Vom Sohn des Bauern, der erst kürzlich in dem Wald vor ihnen war, holten sie sich einige Tipps wegen einer möglichen Passage. Viel konnte er ihnen nicht sagen, er kam nicht weit, das Wasser stand bei seinem Versuch noch höher und er hatte keine Zeit, über die Gebirgsränder auszuweichen.

Jetzt stehen sie ungefähr in der Mitte des Bewuchses vor dem normalen Seeufer und das bis hierher reichende Wasser zwischen den Bäumen erlaubt auf diesem Weg kein Fortkommen mehr. Auf einem vor ihnen liegenden schon vor dem Sturm umgeschnittenen und offensichtlich vergessenen Giganten versuchen sie mehr zu sehen und sind vorsichtig darauf geklettert.

„Was meinst du? Sollen wir zum linken oder zum rechten Gebirgsrand?" Stefan hat Katharina wieder losgelassen und deutet hin und her.

„Zum linken natürlich. Rechts ist der Bach dazwischen. Oder hast du in der Zwischenzeit ein Boot aufgetrieben?" Schnippisch antwortet Kati, muss aber sofort lachen, weil Stefan ausgesprochen irritiert wirkt. „Außerdem kommt dort drüben dann die Straße und ..."

„Nix und!" Jetzt unterbricht Stefan sie und hat sich wieder gefangen. Seine männliche Führungsrolle möchte die Oberhand bekommen und er meint galant weiter: „Du hast doch gehört, dass es keine Straße mehr gibt. Ab der Höhe des Wirtshauses scheint der ganze untere Wald entwurzelt."

„Doch und!" Katharina blitzt der Schalk aus den Augen. Ihr macht die Unterhaltung Spaß, sie ist froh, ein paar Stunden ins Freie zu gelangen und auf andere Gedanken zu kommen. Auch wenn sie es nicht zeigt, die Abwesenheit ihres Freundes und die ganze Ungewissheit über die Katastrophenfolgen nagen etwas an den Nerven. Keinen Kontakt zu den anderen Familienmitgliedern zu haben, ist eine unangenehme Erfahrung. Die erzwungene Gemeinschaft hilft beim Trösten, aber alleine – und speziell vorm Einschlafen – können die geistigen Bilder im Kopf schon düster sein.

„Schauen wir uns den Straßenbereich an und entscheiden dann!" Sie putzt sich ihre Nase und meint weiter: „Auf der linken Seite, der Wanderweg an den Felsen entlang, war der nicht immer ein paar Meter über dem See?"

„Wenn ich an meinen letzten Joggingausflug denke, schon." Stefan ist wieder vom Stamm auf den Boden gesprungen und bedeutet nach seiner Antwort mit geöffneten Armen Katharina, es ihm gleichzutun.

„Ups!" Die Windjacken rascheln beim Auffangen und Stefan lächelt ein bisschen schüchtern. Obwohl noch im Wachsen, ist er schon um einen Kopf größer als Katharina und ein engerer Kontakt zu weiblichen Wesen wird in seinem Alter noch nicht so oft vorgekommen sein. Beim Videofilm vor ein paar Tagen war es schon nett, aber sonst …

Katharina bemerkt die Unsicherheit und bleibt ein paar Sekunden länger in der Umklammerung. Spöttisch befreit sie sich dann von ihm und nimmt Abstand. Aus einer entfernteren Distanz meint sie nachfolgend: „Was war bei deinem letzten Joggingausflug?"

„Es war …" Stefan stottert ganz leicht. „Ach, komm … Ich war einfach joggen."

„Und die Landschaft? Hast du die nicht im Kopf?"

„Die Landschaft, äh … schon."

„Was heißt *schon*? Lass dir doch nicht alles aus der Nase ziehen!" Jetzt muss Katharina laut lachen und Stefan schaut sie unsicher an. Die Frauen, wie soll man die verstehen?

Er räuspert sich und mit wiedergewonnener Sicherheit meint er weiter: „Am Anfang ist der Weg gleich hoch wie der See, aber es kommt eine blöde Steigung und …"

„Und dann sind mindestens zehn Meter Unterschied." Kati unterbricht schmunzelnd. Sie deutet in westliche Richtung und sagt theatralisch: „Genau. Und dort wollen wir hin!"

„Aber wenn am Rand die Bäume liegen? Und wenn der See …"

„Nichts mehr mit *wenn*. Wir werden sehen! Du gehst vor!"

„Und jetzt?" Stefan umrundet einen auf der Straße liegenden Baumrest und deutet die Schneise hinab. Katharina steht neben ihm und schaut ebenfalls betroffen auf die Ursache der Frage. Vor ihnen ist die Straße vollkommen mit umgerissenen Bäumen versperrt und auch rückwärts scheint der ganze Wald entwurzelt. Wahrscheinlich bis zum ehemaligen Gasthof hinter ihnen ist dieser katastrophale Zustand. Hier hat der Sturm besonders stark gewütet. Am abgrenzenden Wasserrand entlang waren bis vor ein paar Minuten kaum Hindernisse, lediglich der Pflanzenbestand wurde dichter, doch sie kamen flott voran. Jetzt schaut es anders aus, ab hier wird es schwierig.

„Wie weit wird es von da noch bis zu dem See sein?" Katharina murmelt leise vor sich hin.

„Was?" Stefan schaut sie mit schiefem Blick an. Er hat die Worte nicht verstanden und wünscht eine Wiederholung.

„Ich weiß, der See ist jetzt vor uns, aber ursprünglich?" Ein bisschen lauter geht Katharina mehr ins Detail, dabei verschränkt sie ihre Arme verärgert und stampft mit einem Fuß auf. „Dieser unmögliche Komet!"

„Ach so! Das meinst du. Der Komet war wirklich unmöglich."

„Sei nicht albern! Wie weit ist der See noch weg? Du hast mich schon verstanden." Katharina spöttelt nicht mehr, sondern meint es ernst.

Stefan hört ebenfalls zu grinsen auf und antwortet geflissentlich: „Ich kann es nicht genau sagen. Da vorne ist die Kurve der Straße, man sieht jetzt nichts mehr wegen der umgestürzten Bäume. Danach ist die große Wiese bis zum Seerand, wenn ich mich richtig erinnere."

„Wir müssen daher über den Gebirgsrand nach vorne." Katharina schüttelt ihren Kopf und schaut seitlich nach oben. „Ziemlich weit hinauf und dann versuchen, bei den kahlen Stellen voranzukommen. Es ist …"

„Es ist vielleicht schon zu spät. Wie lange möchtest du wegbleiben?" Stefan fällt mit einem Blick auf seine Armbanduhr Katharina ins Wort.

„Wieso? Wir haben doch noch viel Zeit."

„Aber da hinauf ist es anstrengend und zurück sollen wir auch wieder."

„Ist klar. Zumindest den See möchte ich aber sehen. Wenn wir schon so weit gegangen sind, werden diese Bäume uns jetzt nicht aufhalten, oder?"

Achselzuckend brummt Stefan so etwas wie eine Zustimmung und deutet Katharina mit den Armen voran. Ein Stückchen hinter ihnen stehen noch die meisten Pflanzen an ihrem ursprünglichen Ort am Bergrand. 300 oder 400 Meter hinauf und dann nach vorne, so sollte es gehen.

„Schau dir das an!" Katharina zeigt atemlos nach unten.

Fast zwei Stunden haben sie gebraucht, um zwischen Wurzelteilen mit verwüstetem Untergrund, beinahe am obersten Rand des Felsens angelangt, langsam Richtung See voranzukommen.

Der Aufstieg war leichter als die Schräge danach, sie waren einige Male kurz vorm Aufgeben und hätten öfter umgedreht, wenn nicht der Ergeiz alle Hindernisse beseitigt und sie immer wieder einen Ausweg aus vertrackten Situationen gefunden hätten. Ihre Bekleidung hat fürchterlich gelitten. Sie ist voller Dreck und teilweise auch zerrissen. Dass sie wieder zurück müssen, ist ihnen klar. Viel länger hätte es nicht mehr dauern dürfen.

Jetzt ist der Grund zu steil und weiter nach vorne geht es so nicht mehr. Dafür ist aber von hier erstmals das Wasser des Sees in der Tiefe zu sehen und die zerstörte Landschaft rundherum.

„Wer hätte das gedacht?" Stefan steht vorsichtig auf einem Felsvorsprung und hält Katharina bei seiner Antwort am Arm, da sie noch näher am Abgrund als er nach unten sieht. „Da ist ja nichts mehr da!"

Beide blicken auf das unter ihnen jetzt frei sichtbare aufgestaute Wasser. Am äußerst rechten Rand leuchten Teile der Straße zwischen umgeworfenen Bäumen heller hervor. Die Häuser am Badeplatz stehen zur Hälfte im Nass, eines der Dächer ist abgedeckt und der obere Stock scheint stark beschädigt. Von etwaigen Bewohnern ist nichts zu sehen. Wahrscheinlich sind die Leute von dort nach hinten zu anderen Anrainern oder in den nahen Ort aufgebrochen. Es ist so zumindest zu wünschen …

Der Hochwasser führende Bach hat die Brücke weggerissen und eine Schneise hinterlassen, die bis zum See reicht und noch immer deutlich den Lauf des übergetretenen Wassers zeigt. Wie überall, hat sich auch hier fast alles verändert. Die Ursache der Aufstauung und der Grund des noch immer zu hohen Wasserstandes ist aber von diesem Standort nicht einzusehen, sie sind zu nahe an der Wand und ein Felsen versperrt die Sicht in Richtung des Wehrs.

„Katharina, sieh nur!" Stefan deutet aufgeregt zum hinteren Waldrand am Seeende. Wenn der Zulauf der Anfang ist, dann ist die entgegengesetzte Seite das Ende, wenn man auf der anderen Seite steht, könnte derselbe Ort aber auch der Anfang sein, Interpretationssache.

Auch dort hat der Sturm gewütet und einige Bäume ausgerissen. Über den Rand hinweg ist zusätzlich jedoch der halbe Kirchturm der dahinter liegenden Ortschaft in der Ferne zu sehen. Für mehr stehen sie zu wenig hoch und die Wipfel am Bergkamm verdecken ausgerechnet jetzt die tiefer liegenden Häuser. Leider bietet sich aus dieser Betrachtung kein Rückschluss über den Zustand der dortigen Niederlassung.

„Es ist auf jeden Fall noch etwas vorhanden. Wir müssen da irgendwie hin!", murmelt er leise. „Ich bin gespannt, was deine Eltern vorgefunden haben."

„Ich auch", antwortet Katharina und steigt ein Stückchen zurück. Aufatmend meint sie weiter: „Ich glaube auch, dass wir dorthin sollten. Diesmal bin ich aber von Anfang an dabei und du ebenfalls!"

„Wieso?"

„Nur zu Hause zu sitzen, ist mir zu fad. Es war doch nett heute."

„Na ja, nett. Schau dich doch einmal an!"

Ein Blick auf ihre schmutzige Kleidung lässt Katharina kichern und mit einem zweifelnden Augenaufschlag und einem spöttisch verzogenen Mund antwortet sie heiter: „Du musst gerade etwas sagen! Kommst daher wie von einem Sandlertreffen und machst dich über mich lustig!" Mit einem Arm deutet Kati wieder in Richtung des Kirchturmes und fährt fort: „Jetzt sind schon ein paar Tage vergangen und von dort hinten ist niemand in unsere Richtung vorgedrungen. Wir wissen nichts!"

„Darum meinte ich ja, dass ich gespannt auf den Bericht deiner Eltern bin." Stefan schaut ihrer Hand nach und zeigt gleichzeitig auf eines der Häuser im Wasser. „Dort unten sind hoffentlich noch alle am Leben und irgendwo weiter hinten mit anderen beisammen. Auf normalem Weg kann man auf der Straße nicht mehr weiter." Er zögert ein bisschen und schaut Katharina tief in die Augen. „Wir sollten unsere Leute dazu bringen, unbedingt dort nachzusehen! Diese Ungewissheit nervt allmählich."

„Über den Bach und drüben neben der Straße entlang, oder?"

„Genau, scheint passierbar zu sein. Zumindest von hier könnte man das glauben." Die beiden betrachten die umgestürzten Bäume in der Nähe der ehemaligen Brücke und ein Stückchen weiter hinten am Berghang. Auf der Seite mit dem Wind sind die meisten Schäden nach oben gerichtet und es sind tatsächlich einige passierbare Stellen zu vermuten.

„Wieso keine Leute zu sehen sind?" Stefan wartet gar nicht auf eine Antwort. „Hoffentlich sind alle in Sicherheit dort hinten.

Die Angriffsfläche des Windes, es ist ziemlich frei da oben und bei uns schaut es schon so aus."

„Hm …" Katharina gibt unsicher eine Zustimmung, dabei fährt sie sich mit ihrer Zungenspitze über die Lippen, die rissig geworden sind.

Stefan schaut kurz zu ihr und da sie zu den beiden Häusern im Wasser blickt, meint er weiter: „Die sind sicher weg und nicht mehr da drinnen."

„Hoffentlich …" Katharina dreht sich um und begibt sich wieder etwas weiter nach hinten. Bei einem Blick auf ihre Armbanduhr räuspert sie sich und deutet stumm auf das Gerät. Stefan schaut ebenfalls auf seinen Zeitanzeiger und antwortet erschrocken: „Hoppla! Es wird Zeit, dass wir zurückgehen. Lass uns schleunigst aufbrechen!"

„Ist gut. Du bist vor mir."

Mit einem Blick nach oben – die Wetterlage scheint stabil zu sein, die letzten Stunden hatten sie darauf gar nicht mehr geachtet – brechen die beiden auf und erreichen schneller als hinauf wieder die Stelle ihrer Entscheidung, den Hang zu erklimmen. Von da, denselben Weg gewählt wie beim Herkommen, geht es zügig voran und schon bald taucht, am Buschrand angekommen, die Silhouette des Bauernhofes auf. Beim Schuppen wird gearbeitet, daher steuern Katharina und Stefan auf die Leute zu.

„Hallo, wir sind wieder da!"

„Hallo! Schön." Der jüngere Landwirt kommt ihnen entgegen und meint weiter: „Wie weit seid ihr gekommen? War etwas Besonderes?"

„Wie man's nimmt …" Katharina grinst bei der Antwort, während Stefan dem Mann die Hand zum Abschlagen entgegenhält. „Servus. Ich könnte etwas zu trinken vertragen", seine lapidare Aussage.

„Entschuldigt. Natürlich, kommt!"

126

Im gemütlichen Küchenteil des Bauernhauses, die Hochwasserschäden sind an den Möbeln noch deutlich zu sehen, lassen sich alle mit Hereingekommenen auf der Eckbank nieder und warten gespannt auf die Ausführungen der Neuankömmlinge. Nach einem kräftigen Schluck aus dem bereitgestellten Bierglas räuspert sich Stefan und fängt an zu berichten: „Wir waren ziemlich weit oben, vorne am Seeanfang, und haben die zwei verlassenen Häuser gesehen, vom Ort dahinter leider nur die Kirchturmspitze. Aber unserer Meinung nach wäre es interessant, dort hinzugehen. Es müssen ja irgendwo Leute sein."

„Habt ihr gar niemanden bemerkt?" Der ältere Bauer unterbricht.

„Nein, nichts. Wie ausgestorben. Aber …"

„Wirklich niemand zu sehen? Seltsam, die lange Zeit jetzt schon", murmelt der Landwirt kopfschüttelnd.

Stefan stockt und berichtet nach kurzem Nachdenken weiter: „Die kommen zu uns schwer durch. Ich glaube nicht, dass es einen anderen Grund gibt. Und wahrscheinlich haben sie andere Sorgen. Was meinst du, Katharina?"

„Ich glaube auch. Wenn wir dann vom oberen Ort mehr wissen, sollten einige sich zusammentun und einmal nachschauen. Kommt morgen zu uns! Meine Eltern sind dann wieder da."

„Werden wir tun. Kann ich dir noch etwas nachschenken?"

„Nein, danke. Stefan, wir sollten wieder …" Mit einem viel sagenden Blick gibt sie ein Zeichen zum Aufbruch. Stefan trinkt noch schnell aus und erhebt sich als Erster, um sich zu verabschieden.

Man einigt sich, morgen erst einmal gemeinsam zu beraten, und ist schon gespannt auf den zu erwartenden Bericht. Etwas über den Zustand der näheren Orte zu wissen, wird für alle allmählich wichtig.

„Hallo, wir sind wieder da!"

Die Siedlung scheint verlassen, niemand hört die Rufe der beiden. Irgendwer muss im Freien zusammengeräumt haben, denn die Zufahrtsstraße ist wieder ohne Hindernisse begehbar und alles macht sofort einen ordentlicheren Eindruck.

„Was mache ich? Bei mir ist ja niemand zu Hause."

Katharina nimmt Stefan beim Arm. „Du könntest bei uns bleiben. Schauen wir, sie sollten eigentlich irgendwo sein."

Im eigenen Haus ist keiner anwesend, also versuchen die zwei daneben ihr Glück. Beim Eintreten hören sie sofort mehrere Stimmen. Stefans Eltern sind bei Roswitha und Karl zu Gast.

„Bin ich froh, dass ihr da seid!" Gisela ist aufgesprungen und kommt ihnen entgegen. „Wir haben uns schon Sorgen gemacht. Wo wart ihr so lange?"

„Wieso lange? Wir haben einiges hinter uns. Schaut uns an!" Stefan antwortet seiner Mutter und zeigt theatralisch auf die schmutzige Kleidung. „Der Berghang hat uns einiges abverlangt. Beim See schaut es wüst aus."

„Lass die beiden doch erst einmal hinsetzen!", meldet sich Karl zu Wort und ist ebenfalls aufgestanden. „Kommt, setzt euch und erzählt!"

6

„Wieso kommt keine Hilfe?" Heinrich, der Bürgermeister, sitzt neben mir und richtet diese Frage an niemanden Bestimmtes in der Runde.

Melanie, Michaela, Andy, ich und ein paar Leute aus der Ortschaft, inklusive Heinrich, sind seit dem Morgengrauen beisammen und diskutieren über unsere Situation. Wir wollen bald aufbrechen und wieder zurück zu unseren Häusern. Das Wetter scheint gut zu werden, leicht bewölkt und, wie es aussieht, keine

Niederschläge. Gestern Abend wurde dieses Beisammensein nach dem Gottesdienst noch schnell beschlossen, alle waren müde und nicht mehr lange auf. Michaela und Andy schliefen bei ihren Kindern, meine Frau und ich fanden einen Platz im Arbeitsraum unseres Dorfchefs, wo wir jetzt beisammensitzen.

„Die können einfach nicht zu uns vor." Andy antwortet auf die Frage und meint weiter: „Wir haben es gesehen. Es gibt keine Straßen mehr und wenn der Sturm in weitem Umkreis dieselben oder ähnliche Schäden verursacht hat, dann können nur Flugzeuge zu uns vordringen."

„Ja, schon. Aber warum kommen dann keine?" Hans, einer der Begleiter Heinrichs, ich kenne ihn namentlich nur aufgrund der Vorstellung von vorhin, hat sich zu Wort gemeldet.

„Weil in großem Umkreis wahrscheinlich alles drunter und drüber geht und weil …" Meine Frau antwortet und wird vom Kichern Michaelas unterbrochen. „Wieso lachst du?"

„Drunter und drüber, du bist gut!"

„Was soll ich denn sonst sagen? Ist doch gleich. Aber weiter … Wir wissen, dass in der Nähe Münchens ein Einschlag war. Wie weit kann dieser Sturm mit der gleichen Stärke gewütet haben?" Melanie schaut in die Runde.

„Ziemlich weit." Jetzt melde ich mich zu Wort. „Ich glaube das zumindest. Bis Wien sicherlich. Wie weit zerstörerisch, das weiß ich nicht."

„Du glaubst also, die Stadt hat so viel abbekommen, dass für uns keine Zeit bleibt?" Andy hat sich wieder gemeldet.

„Genau. Und dasselbe gilt auch für alle anderen Niederlassungen in unserer Nähe. Ihr seht es ja selbst hier. Bis jetzt hat von euch keiner Zeit gehabt, zu uns vorzustoßen, und …"

„Das geht ja gar nicht vernünftig." Heinrich schaltet sich in das Gespräch ein und unterbricht mich. „Wir haben genug anderes zu tun. Aber du wirst Recht haben, wir sollten einfach warten. Auf Hubschrauber des Bundesheeres oder von anderen

Organen. Obwohl uns Hilfe bei den Verletzten gut täte." Mit einem Seufzer schaut er um sich. „Hoffentlich ist nicht zu viel passiert in der Stadt."

„Habt ihr genug Lebensmittel?" Michaela fixiert Heinrich geradezu und kommt plötzlich mit einer themenmäßig ganz anderen Frage daher. Dieser muss lächeln und kontert mit einem festen Blick auf sie: „Deine Kinder bleiben bei uns, oder? Die brauchen nicht zu hungern. Aber Spaß beiseite: Die Lebensmittel sind kein Problem. Wir kommen noch lange über die Runden, auch ohne Kühlung. Und bei euch?"

„Die Tiefkühlsachen haben wir alle weggeschmissen. Ein bisschen Improvisation ist schon nötig und einiges wird allmählich weniger. Ein paar Tage reichen die Sachen, die wir zusammengelegt haben, noch, oder?" Michaela blickt bei dieser Antwort Melanie und ihren Mann an. Meine Frau verschränkt ihre Arme hinter ihrem Kopf und meint nachdenklich: „Eigenartig, über das haben wir eigentlich noch gar nicht bewusst nachgedacht. Eine Woche reichen die Nahrungsmittel bei uns nicht mehr. Wenn niemand kommt, was machen wir dann?"

„Wir haben im Ort da noch länger kein Problem", meldet sich Heinrich. „Aber, eine Woche ohne Hilfe? Ich erwarte schon in nächster Zeit eine Unterstützung."

„Hoffentlich, sonst müsst ihr jagen." Ein älterer Bauer aus der Ortschaft meldet sich dazwischen. „Dein Wort in Gottes Ohr. Wir Landwirte haben noch vieles an alten Systemen und brauchen nicht für alles Strom, aber war bei euch tatsächlich niemand von den Leuten vorm See?"

Jetzt mache ich einmal den Mund auf und antworte: „Nein, niemand. Du warst, glaube ich, bei unserer letzten Erzählung nicht dabei, darum sage ich es noch einmal kurz: Der Gasthof ist verschüttet. Die Landwirte in unserer unmittelbaren Nähe sind wohlauf, aber von der Marktgemeinde oder von den Häusern am See war bisher niemand bei uns. Man kommt bei dem hohen

Wasserstand und den Sturmschäden aber wahrscheinlich einfach nicht voran. Ich hoffe zumindest, dass das der Grund ist."

„Sonst lebt keiner mehr." Wir mustern alle den Mann, der leise aus dem Hintergrund sich bemerkbar gemacht hat.

Nach ein paar Sekunden räuspert sich Heinrich und meint: „Johann, red' nicht so einen Unsinn daher. Es war schlimm, aber sicherlich ist nicht alles zerstört. Hilfe wird bald bei uns sein. Ihr werdet sehen."

„Zumindest ich werde morgen wieder herkommen." Andy schweift vom Thema ab und schaut Michaela an. „Unsere Kinder wollen wieder nach Hause. Auch wenn es bei euch lieb ausschaut." Nach einem leisen Seufzer richtet sich sein Blick wieder auf die Leute und er fährt fort: „Auf die vorige Fragerei zurückkommend: Wenn ich die Kinder hole, dann gebt mir einfach ein paar Sachen mit. Dieses herrliche Brot beim Frühstück zum Beispiel. Wer macht denn das?"

„Gut, oder?" Heinrich lächelt bei seiner Antwort. „Beim Gasthof ist noch eine Backstube dabei. Wie schon gesagt, wir helfen uns."

„Es schmeckte wirklich köstlich. Schon komisch, dass bei euch keine Bäckerei mehr aktiv ist. Könnt ihr uns heute schon ein paar Stück mitgeben?" Andys Bart bewegt sich auf und ab, er isst offensichtlich in Gedanken einige Schnitten.

Heinrich muss laut lachen und schüttelt seinen Kopf. Wir anderen schmunzeln ebenfalls beim Blick auf ihn und schauen uns gegenseitig belustigt in die Augen.

„Ich hole etwas!" Aus der hinteren Reihe ist der Mann, den Heinrich mit Johann angesprochen hat, aufgestanden und klopft Andy beim Vorbeigehen freundlich auf die Schulter. „Wir haben genug davon gemacht. Ich war selber dabei."

„Vorzüglich, danke!"

„Ach übrigens …", melde ich mich wieder zu Wort. „Gestern sind meine Tochter und der Sohn von einem unserer Nachbarn, du kennst ihn …" Mein Blick fixiert dabei Heinrich. „… Stefan,

Gisela und Hannes sind seine Eltern, aufgebrochen, um vom See etwas zu erkunden. Vielleicht wissen wir, wenn wieder zu Hause, dann schon mehr. Außerdem, wieso kommt von euch keiner zu uns?"

„Darum sitzen wir hier ja beisammen", antwortet der ältere Landwirt von vorhin, während Heinrich fast gleichzeitig dazwischenredet: „Entschuldige, wir haben bei uns noch selber genug zu tun! Vielleicht kommt von euch wer hinter den See und kann die Schäden abschätzen? Wie lange braucht jemand für die Strecke?"

„Welche Strecke?"

„Na, von euch zu uns."

„Ach so …" Unsicher schaue ich meine Frau, Michaela und Andy an.

„Ich will morgen sowieso wiederkommen, ihr wisst schon." Andy antwortet in der Pause und meint nach kurzem Nachdenken weiter: „Wenn wir dieselbe Strecke wie hierher wählen, ich glaube, drei, vier Stunden in eine Richtung. Schneller wäre die Straße, aber die ist wahrscheinlich nicht passierbar."

„Wir könnten jetzt zuerst einen anderen Weg versuchen. Vielleicht finden wir eine Verbindung?" Melanie ist aufgestanden und schaut auffordernd um sich.

„Willst du schon weg?" Heinrich bedeutet ihr, sich wieder zu setzen. „Ein bisschen noch. Andy bekommt noch sein Brot."

„Ach ja! Aber ich sitze schon zu lange. Lasst uns im Freien warten!"

Draußen ist es kühler und angenehmer als in dem kleinen Raum. Die paar Leute verabschieden sich von uns, bis schließlich nur noch Heinrich mit seiner Frage über bleibt. „Wollt ihr an der Straße entlang versuchen, zu euch vor zu kommen? Berichtet auf jeden Fall!"

„Keine Angst, wir bleiben in Kontakt." Andy, der antwortet, gibt Heinrich seine Hand und meint weiter: „Du hast genug zu tun. Wir warten alleine. Zumindest ich komme morgen wieder, das ist sicher. Vielleicht gibt es dann Interessantes zu berichten?"

„Ist mir recht. Man sieht sich!"

„Du kannst noch so grimmig schauen, aber da kommen wir nicht mehr weiter!" Melanie, Michaela und Andy starren mit mir auf das vor uns liegende Chaos. Ein Erdrutsch hat nicht weit von den letzten Häusern des Ortes entfernt die ganze Straße und die Wiese daneben verschüttet.

„Vielleicht geht es am Rand weiter?" Andy zeigt rechts den Schotter entlang und meint nach kurzem Zögern missmutig: „Das können wir aufgeben. Der Dreck reicht bis zu den Felsen. Der Ort ist regelrecht zugeschüttet."

„Also bleibt uns nur der gegangene Weg zurück." Melanie spricht mit leiser Stimme, während wir auf die Bescherung blicken. Ohne schweres Gerät wird man hier lange nicht mehr durchkommen. Dass von der Ortschaft niemand das kurze Stück in unsere Richtung gegangen ist und die Steinmassen gesehen hat, ist schon verwunderlich. An unsere Siedlung hat eben keiner gedacht. Aber verständlich, bei den Ereignissen der letzten Tage.

Michaela fasst sich als Erste und deutet unmissverständlich weiter. Ich schaue Andy an und meine beim Umdrehen: „Findest du die Stelle noch, wo wir aus dem Wald gekommen sind?"

„Hoffentlich. Irgendwo bei diesem Haus und der Bachbrücke."

„Ihr seid gut!", mischt sich meine Ehehälfte ein und hängt sich zwischen uns. „Ich finde das sicher!"

„Ich auch!" Michaela kommt ebenfalls näher und drängelt sich dazu.

Gemeinsam eingehängt und fröhlich wirkend erreichen wir kurze Zeit später wieder die Schule, wo uns gleich einige Kinder entgegenlaufen. Unter ihnen auch die beiden von Michaela und Andy.

„Seid ihr schon wieder da? Bleibt ihr hier?"

„Nein, ihr müsst es noch ein bisschen ohne uns aushalten!" Michaela hat ihre Kinder um sich geschart und hält sie fest in ihren Armen. Mit liebevollem Blick meint sie weiter: „Wir müssen so, wie wir gekommen sind, wieder zurück. Es geht leider nicht anders."

„Wieso?"

„Weil alles verschüttet ist."

„Oh weh, dann kommt wieder der Wasserfall."

„Na und?" Gut gelaunt meldet sich Melanie zu Wort. „Ich falle schon nicht mehr hinein. Danke für die Anteilname."

Michaela und die Kinder grinsen sie an, Andy und ich schauen uns ebenfalls in die Augen und weil keiner mehr etwas von sich gibt, meine ich nach einer kurzen Pause: „Jetzt wird es aber Zeit, aufzubrechen! Ein paar Stunden, dann sind wir zu Mittag zu Hause."

„Das ging besser als gedacht." Andy schiebt einen Ast beiseite und wir alle sehen unsere Häuser am Ende der Wiese nach dem letzten Waldstück. Die Nacht ohne Regen hat die Pegel der Bäche weiter sinken lassen. Die Wasserstände sind zwar immer noch hoch, aber bereits meistens wieder innerhalb der normalen Uferzonen, und wie beim gestrigen Herkommen waren an den Rändern kaum aufhaltende Hindernisse. Keine drei Stunden haben wir gebraucht, das Wissen über die Beschaffenheit des Weges war hilfreich und ließ uns viel weniger Zeit verbrauchen als beim umgekehrten Wandern. Melanie ersparte uns eine nochmalige Wasserrettung und die allgemein gute Stimmung tat ein Übriges. Es war ein angenehmer Marsch.

„Das kurze Stück noch, dann sind wir wieder da!" Diese naive Antwort gebe ich zum Besten und zeige gleichzeitig auf die

Häuserreihe. Es scheint, als ob der Baumrest auf dem Dach der Bergers kleiner geworden ist, Karl ist aktiv gewesen. Zumindest kann man dies vermuten. Das Wetter war danach, seit gestern ideal zum Arbeiten.

Bin schon gespannt, was bei uns vorgefallen ist. Ob in der Zwischenzeit irgendjemand vorbeigekommen ist? Mal sehen.

„Besser als im Ort." Andy ist die Veränderung auch aufgefallen und er zeigt ebenfalls auf sein Haus. „Kommt, gehen wir!"

„Hallo, da seid ihr ja endlich!" Karl ist als Einziger bei seinem Carport draußen und ruft uns die fünfzig Meter Entfernung bis zur Einfahrt entgegen. „Wir warten schon alle sehnsüchtig auf auch."

„Wer *wir*?" Michaela antwortet für uns und beschleunigt ihren Schritt.

„Na, wir und die drei Nachbarn vom Bauernhof. Wir müssen etwas unternehmen! Was war im Ort?"

In der Zwischenzeit sind wir alle bei ihm angelangt und begrüßen uns gegenseitig freudig. Der Großteil der angeschwemmten Pflanzenreste ist beseitigt worden, das Wasser ist weiter gesunken und hier hinten schaut es beinahe wieder so aus wie vor dem Sturm.

„Ich glaube, es ist besser, dies nur ein Mal zu berichten. Wo sind die Leute und was meinst du mit *unternehmen*?" Ich bin der Erste, der auf seine Frage reagiert.

„Seit zwei Stunden sind alle bei mir drinnen, deine Tochter auch und …"

„Na, dann lass uns zu dir rein!" Andy unterbricht jetzt statt meiner und lächelt Karl an, dessen Blick wieder einmal alle und keinen trifft. Er wartet gar nicht auf eine Bestätigung, sondern drängelt sich an uns vorbei Richtung Eingangstüre.

„Der hat's aber eilig!", reagiert Karl amüsiert. „Na, dann kommt!"

Der Blick meiner Frau trifft mich und nur für mein Ohr bestimmt, flüstert sie: „Dann werden wir uns eben später waschen und umziehen. Gehen wir!"

Vorne ist nichts mehr so, wie gewohnt. Der Sturm und die Unwetter haben gewütet." Ich sitze auf einem Sessel, mit anderen aus einem Nebenraum herbeigestellt, im Wohnzimmer bei Roswitha und Karl, im Kreis vereint mit Melanie, Gisela, Hannes, Stefan, meiner Tochter Katharina, Michaela, Andy und den drei Landwirten von nebenan, die mittlerweile als Franz, Gunda und Hans vorgestellt wurden, und habe mich bereit erklärt, einen kurzen Situationsbericht zu erzählen. Endlich weiß ich die Namen der drei Neuen. Franz mit seiner Frau in Festtagstrachtenkleidung. Sehr ehrenvoll! Hans, ein stämmig kräftiger Typ, sympathisches Äußeres, hat wie wir aber Jeans an. Der Generationsunterschied.

Roswitha war so nett, uns Neuankömmlinge mit Speis und Trank zu versorgen. In kurzen Worten hat mir Katharina vor ein paar Minuten schnell nebenbei ihren gestrigen Ausflug erläutert.

„Es hat, glaube ich, wenig Sinn, zu sehr ins Detail zu gehen. Wie Überschwemmungen und Dachabdeckungen aussehen, brauche ich nicht zu beschreiben." Mein Blick richtet sich auf unsere entfernteren Nachbarn. „Aber jetzt sind doch schon einige Tage vergangen und wir wissen immer noch nichts von anderen Gegenden. Außerdem werden die Lebensmittel knapp."

„Bei uns nicht", unterbricht mich Gunda.

„Wie im Ort. Die haben auch noch genug." Andys Stimme ruft dazwischen und stört ein bisschen. Ich komme mir vor wie in der Schule.

„Wir können euch aber aushelfen. Nicht alles, aber Unverderbliches habe ich genug gelagert und wenn ihr etwas brauchen könnt, jemand von euch braucht nur vorbeizuschauen." Da jetzt alle Blicke auf Gunda gerichtet sind, räuspert sie sich verlegen und stupst ihren Mann neben sich an: „Sag auch etwas!"

„Also gut …" Der ältere Landwirt, nun als Franz bekannt, schaut mich wieder an, deutet auf seinen Sohn und auf seine Frau und meint: „Ein bisschen mehr möchten wir schon hören. Wir waren ja nicht dort und wissen außer den paar Wortfetzen von vorhin gar nichts."

Ich werde wohl etwas länger berichten müssen.

„Also gut, dann gehe ich etwas ins Detail."

Nach zehn Minuten haben alle einen ungefähren Überblick über den Ortszustand nach meinen Erläuterungen und die nicht dabei gewesenen Zuhörer bekamen auch noch etwas von unseren erlebten Abenteuern mit. Michaela und Andy haben den Raum kurz verlassen, sind in der Zwischenzeit aber wieder aufgetaucht und beteiligen sich lebhaft an der zurzeit kreuz und quer geführten Debatte.

„Was sollen wir tun, wenn niemand kommt?" Hans richtet diese Frage an Melanie neben mir.

„Es wird schon wer kommen."

Ich muss lächeln. Die Betonung auf *wer* von ihr, typisch.

Hans kennt sie nicht und bleibt stumm. Er wirkt ein bisschen irritiert. In den paar Sekunden meines inneren Schmunzelns kommt mir plötzlich ein Gedanke und ich meine zu Hans gerichtet: „Wir sollten selber versuchen, noch einmal Kontakt herzustellen."

„Was meinst du?"

„Ein paar von uns sollten morgen den vorderen Ort aufsuchen und nachsehen, was passiert ist. Vielleicht wissen die Leute dort mehr als wir? Hallo, hört einmal zu!" Ich richte mich auf und schaue in die Runde. „Katharina und Stefan waren bei den Felsen am Seerand und haben von dort zumindest den Kirchturm des Marktes noch ganz gesehen. Wir müssen mehr erfahren!"

„Papa?" Kati meldet sich zögerlich. „Es gibt aber keine Brücke zum Überqueren."

„Eben. Hat irgendwer einen Vorschlag?"

Keine Antwort, aber mitten in dem von allen Seiten geführten Stimmenwirrwarr ist nach kurzer Zeit Karls Bariton herauszuhören, der sich mit seiner Lautstärke alleiniges Gehör verschafft. „Diesmal gehe ich mit! Da könnt ihr sagen, was ihr wollt. Äh … die, die dort hinwollen, müssen trocken bleiben und trotzdem auf die andere Seite des Baches gelangen, richtig?"

„Richtig."

Alle Augen sind jetzt bei Karl und mir.

„Wir sollten eine Stelle mit zwei starken Bäumen finden und mit Seilen …"

„Genau, das ist es!" Seine Idee lässt mich dazwischenrufen. *Wie bei den Indianern im Amazonasgebiet oder sonst wo. Aber das könnte klappen.*

Karl schaut mich kurz an, lächelt und redet weiter: „Ein starkes Seil über den Bach. Es sollte ja auch mich tragen. Am besten zwei nebeneinander und in vernünftiger Höhe. Irgendwie …"

„Klingt nicht schlecht", unterbricht Hans. Mit seinem Daumen und dem Zeigefinger an der Nase reibend, meint er nachdenklich weiter: „Ich melde mich freiwillig, heute noch den Bach zu überqueren oder zumindest eine Stelle zu finden, wo zwei von uns auf die andere Seite kommen. Wir werden aktiv! Ich komme morgen mit."

„Gut, dann sind wir ja schon zwei." Karl stellt sich neben Hans und scheint sehr zufrieden zu sein. Sein Gesichtsausdruck lässt jedenfalls darauf schließen.

„Ich oder wir auch." Stefan schaut unsicher zu Katharina, die ebenfalls aufsteht.

„Muss das sein?" Meine Frau neben mir richtet die Frage an ihre Tochter.

„Ich bin ja nicht alleine und ich brauche Beschäftigung!", ist

Katharinas Antwort, und besänftigend meint sie weiter: „Du brauchst keine Angst um mich zu haben." Dabei lächelt sie so schelmisch, dass man sowieso nichts mehr dagegen haben könnte.

Gisela, die die letzten Worte mitgehört hat und wie ihr Mann daneben aufgestanden ist, kommt jetzt näher und nimmt Melanie am Arm. „Lass sie doch! Der gestrige Ausflug scheint den beiden gut getan zu haben. Ich beziehungsweise wir bleiben hier." Dabei zeigt sie auf Hannes.

„Die Idee ist super." Andy und Michaela gesellen sich auch noch zu uns und bevor Andy noch etwas sagen kann, unterbricht ihn die polternde Stimme von Karl.

„Also, wisst ihr! Was soll das? Ist jetzt allgemeine Aufbruchstimmung. Er und ich …" Er deutet auf Hans neben ihm, bei dem sich seine Eltern dazugesellt haben. „… sind noch ohne fertigen Plan und ihr macht ein Kaffeekränzchen. Setzt euch wieder nieder!"

„Entschuldige!" Andy hebt seine Arme. „Ich sitze schon."

Wir alle tun es ihm gleich. Die einzige, die gar nicht aufgestanden ist, nämlich Roswitha, lächelt still vor sich hin und unterbricht die kurz eingetretene Stille mit den Worten: „Möchte jemand etwas trinken?"

Ein allgemeines Gelächter macht sich breit, einige das Trinken betreffende Zusagen sind zu hören und zeitgleich mit ein paar herumgereichten Gläsern schickt sich Karl an, weiterzureden.

„Habt ihr bemerkt, wie warm es geworden ist? Ich will auf jeden Fall hinter den See. Hans, was meinst du? Wo könnten wir über den Bach und wo sind Bäume passend?"

„Wenn ich das wüsste! Am besten gehen wir nachschauen. Zuerst zu uns nach Hause, wegen der Seile."

„Und das Wasser ist euch nicht zu kalt und zu reißend?" Gisela wendet sich zu den beiden mit ihrer Frage.

„Frag die zwei!", deutet Karl auf Melanie und mich.

„Es ist zum Aushalten. Besonders, wenn ihr Handtücher mitnehmt", antworte ich knapp vor meiner Frau. „Sucht eine Stelle für die Stricke! Die Idee ist wahrscheinlich die einzige Möglichkeit, über den Bach zu kommen."

„Und du? Du kommst nicht mit?"

„Schon, aber nicht gleich – und ins Wasser auf keinen Fall mehr. Und morgen bleiben mein Schatz und ich zu Hause."

„So, du hast mich aber gar nicht gefragt." Melanie klopft mir lächelnd aufs Knie. Ein Blick in ihre Augen und ich weiß, sie will auch Ruhe. Eine Antwort ist nicht nötig.

„Wer will dann überhaupt mit?" Karl wirkt ein bisschen verdattert.

„Wir auf jeden Fall!" Stefan deutet auf Katharina, die bestätigend nickt.

Andy schaut derweil seine Michaela an und meint: „Unsere Kinder müssen geholt werden und ein paar Lebensmittel sollten den Weg hierher finden. Wir zwei nicht."

„Wir auch nicht. Ich habe das vorhin schon gesagt." Gisela deutet auf Hannes neben ihr. „Wir bleiben bei euch. Ich mache mir dauernd Gedanken um meine Familienangehörigen und um meinen Arbeitsplatz. Morgen erfahre ich hoffentlich endlich mehr."

„Ich hoffe auch", ist meine kurze Antwort, während mein Blick wieder Karl trifft, der seit seiner letzten Frage nichts mehr gesagt hat.

„Macht ihr das unter euch aus. Ich werde mit Melanie erst einmal Kleidung wechseln. Wir sind seit unserem Aufbruch noch nicht in unserem Haus gewesen. Ich habe jetzt einfach genug."

Ich mache mir auch dauernd Gedanken um unser Geschäft und alle Bekannten und Verwandten. Wir müssen dringend endlich mehr erfahren! Irgendwann sollte man auch wieder ans Arbeiten denken und endlich mit weiteren Entfernungen Kontakt bekommen. Es kann doch nicht so weitergehen …

„Wir verschwinden jetzt erst einmal!"

„Traust du dich hinein?" Karl zeigt auf das schmutzig vorbei-
rinnende Wasser.

Katharina, Hans, Stefan und er haben eine Stelle mit mehreren
Bäumen am Uferrand gefunden, die sich für ihr Vorhaben eignen
könnte. Nicht weit vom Elternhaus von Hans entfernt ist der Wald
auf beiden Seiten des Baches dichter und ganz nahe zum Schotterbett gewachsen. Auch ist hier das ausgetretene Wasser wieder
etwas enger, dafür aber auch reißender und tiefer geworden.

„Wenn ich wüsste, wie weit der Grund unter dieser Brühe ist",
antwortet Hans skeptisch.

„Wartet einmal! So könnte es gehen." Katharina bewegt sich
auf die beiden zu und deutet gegen die Strömung. „Hans, habt
ihr noch andere Leinen bei euch?"

„Wieso?"

„Weiter vorne, wo das Wasser noch in der Wiese steht, ist die
Fließgeschwindigkeit viel langsamer als hier. Einfach die Leinen
verbinden!"

„Hm, wenn das Ganze nicht zu schwer wird. Wie viele Meter
sind das?"

„Fünfzig. Ich müsste es abgehen."

„Ich muss nachsehen, ob bei uns so lange Leinen herumliegen.
Bei euch?" Hans schaut zu Stefan und Karl.

„Bei uns sicher nicht. Es sollte etwas Stärkeres sein. Aber du
hast vielleicht gute Ideen. Praktisch veranlagt, das Mädchen."
Während seiner Antwort klopft Karl Katharina anerkennend
auf die Schulter.

„Wir brauchen doch gar keine zusätzlichen Stricke!" Stefan
meldet sich zu Wort und deutet auf die untere Stelle, zu der alle
hinstarren. „Einer schwimmt oder watet hinüber und gemeinsam, der eine drüben, einer auf dieser Seite, geht man mit der
Leine bis hierher."

„Klar, das ist es!" Karl wendet sich zu Stefan und nickt wohlwollend. „Die Jugend gibt uns einiges vor. Obwohl, du gehörst ja auch zu dieser Sparte." Er gibt lachend Hans einen Stoß und wendet sich wieder um. „Lasst uns das ganze Zeug da hinunter tragen."

Weiter vorne angekommen, werden die ungefähr zwanzig Meter langen Stricke ausgebreitet und die Entfernung zum anderen Ufer geschätzt. Es ist zwar hier wahrscheinlich genauso viel Wasser ausgetreten – oder auch ein bisschen mehr – wie die Seile breit sind, aber bis zu der Stelle, wo die Bäume sind, wird es stetig enger und von beiden Seiten gehalten, wird ausreichend Spielraum sein.

An dieser Stelle ist die Fließgeschwindigkeit des übergetretenen Baches tatsächlich um einiges weniger stark als bei dem gewünschten Verbindungsort. Einzig der Druck, den die Tampen im Wasser in der Strömung entwickeln werden, gibt noch zu denken.

Mit Blick zum Wasser murmelt Hans kaum verständlich: „Ich ziehe mich jetzt aus und versuche einfach, auf die andere Seite zu kommen." Er beginnt sich zu entkleiden und Karl macht es ihm nach. Beide schauen fröstelnd in das schmutzige Gerinne, auf die Seile, die ausgebreiteten Handtücher und auf den Rest der Gruppe. Es ist im Augenblick nicht kalt, aber auch nicht warm und ein zaghafter Versuch ins Wasser lässt die zwei gleich wieder umkehren.

„Es nützt nichts. Ich muss da jetzt durch." Hans nimmt ein Ende des Seiles und deutet Karl auf die entgegengesetzte Stelle. „Nimm du das da und gib mir langsam nach!"

Die zwei Männer, mit Badehose und Sportschuhen bekleidet, betreten knapp hintereinander die überschwemmte Wiese und tasten sich vorsichtig weiter. Beide haben vorsorglich Handschuhe angezogen und Karl lässt knapp hinter Hans die Leine durch seine Hände gleiten. Noch außerhalb des Wassers geben Katharina und Stefan Stück für Stück nach.

„Brrr, ist das kalt hier!“, hören die zwei am Ufer Hans krächzen. „Wie heißt sie, Melanie, oder? Die müssen gestern schön gefroren haben.“

Karl bleibt jetzt, etwa bis zur Hälfte seiner Waden im Wasser, stehen, schaut nach links und rechts und beobachtet anschließend Hans, der sich langsam von ihm entfernt und nun vorsichtig tieferes Gebiet erreicht.

„Wenn das Wasser höher wird und du vielleicht nicht mehr stehen kannst, wie willst du auf die andere Seite schwimmen?“ Karl ruft, während das Seil durch seine Hände gleitet, hinter Hans her.

„Ich glaube nicht, dass es so tief wird. Aber …“ Er strauchelt, taucht ganz unter, lässt dabei das Seil los und kommt einen Meter neben der Sturzstelle wieder zum Vorschein. „Scheiße!“ Triefend nass schaut Hans verdutzt zu Katharina, Stefan und Karl, der sich ein Grinsen nicht verbeißen kann. „Da war ein Ast oder so was Ähnliches.“

„Ha, ein Ast!“ Karl hat die Leine wieder bis zum Anfang zu sich gezogen und deutet mit dem umwickelten Endstück auf den Mann im Wasser. „Es wird dir nichts anderes übrig bleiben: Binde das Seil um deinen Bauch!“

„Es schaut so harmlos aus und trotzdem ist die Strömung stärker, als ich dachte.“ Mit zittriger Stimme wickelt sich Hans den Tampen um seine Hüften und versucht umständlich, einen Knoten zu machen. Dabei scheint ihm ganz schön kalt zu sein.

„Sollen wir dir etwas zum Abtrocknen bringen?“, ertönt die fürsorgliche Stimme Katharinas aus dem Hintergrund.

„Nein, ich will das jetzt schnell vorbei haben. Abtrocknen kann ich mich nachher auch noch. Hältst du mich?“, wendet sich Hans an Karl.

„Klar, ich halte dich, wenn du stürzen solltest.“

Schneller als vorher, mit freien Händen, kommt Hans jetzt in tiefere Regionen des Baches, stemmt sich gegen die Strömung und etwa ab Wasserstand Bauchhöhe, beginnt er zu schwimmen. Dabei scheint ihn das Seil ein bisschen zu behindern, er kommt nur langsam auf die andere Seite, ist aber jetzt schon einige Meter abgetrieben. Karl versucht, so schnell wie möglich die Leine durch seine Hände gleiten zu lassen, um ja keinen Stau zu verursachen.

„Das Seil ist aus. Nur noch ein paar Meter bis zu dir", ruft Stefan aufgeregt von hinten.

Karl dreht sich um und während er besorgt das langsam näher kommende Ende betrachtet, schreit er, wieder mit Blick auf Hans, der gut zehn Meter abgetrieben jetzt mit kräftigen Bewegungen gegen die Strömung schwimmt: „Hans, versuche, nicht mehr weiter von uns wegzutreiben! Das Seil ist aus!"

„Was?" Prustend antwortet Hans. Das Wasser spritzt ihm ins Gesicht und er verstärkt seine Anstrengung noch.

„Versuche, nicht mehr weiter von uns wegzukommen! Vielleicht kannst du irgendwo schon stehen?"

Das in den Fluten treibende Seil in einem Bogen hinter sich herziehend, kommt Hans langsam dem anderen Rand näher und hat den tieferen Bachlauf bereits überwunden. Laut schnaufend findet er Grund und kann sich, bis zu den Hüften im Wasser, mehr schlecht als recht gegen die Fluten stemmen. Wenigstens ist das Seilende jetzt kein Problem mehr. Karl versucht, das im Wasser treibende Stück wieder näher zu sich zu ziehen, während Hans sich frei bindet und mit dem Ende in den Händen besser Gleichgewicht halten kann.

„Da ist vielleicht ein Druck auf der Leine!", schreit er zu den dreien am anderen Ufer. „Jetzt ist mir direkt warm geworden."

„Kannst du irgendwie aus dem Bach gelangen? Ich spüre die Zerrerei auch", antwortet Karl ebenfalls lauter als sonst und schaut besorgt auf seine Hände, die fest umschlossen das Seil halten und ruckend gegen den Sperrwiderstand ankämpfen. Ein abgerissener und hängen gebliebener Astteil staut das dagegen fließende Wasser noch zusätzlich. „Stefan, komm, hilf mir! Ich möchte ein bisschen weiter hinein und den Druck verkleinern."

„Ich habe aber keine anderen Schuhe mit."

„Bis zu mir ist alles Wiese, du kannst barfuß kommen. Zier dich nicht!"

Er wartet geduldig, bis Stefan mit aufgekrempelter Hose bei ihm eintrifft, übergibt ihm das Endstück und wendet sich wieder zu Hans, der immer noch an derselben Stelle wie vorhin gegen die Strömung kämpft. „Hans, ich versuche, den Druck zu nehmen und halte die Leine in die Höhe. Pass auf!"

Katharina zieht ebenfalls die Schuhe aus und tastet sich vorsichtig ins Wasser, Karl hebt derweil ganz langsam, mit Blick auf Hans, einen Teil des Seils aus den Fluten, wobei die niederfallenden Wassertropfen ein eigenartiges Geräusch in der Stille erzeugen.

„Versuche, aus dem Wasser zu kommen! Ich werde noch ein Stück näher zu dir vordringen. Zwei, drei Meter weniger Widerstand. Vielleicht hilft dir das?" Mit den Händen über Kopf, bis zum Bauch im Wasser, ungefähr an der Stelle, wo vorher zu schwimmen begonnen wurde, steht Karl Hans gegenüber und meint aufmunternd: „Jetzt müsste es leichter gehen."

Zwei Meter von ihm entfernt ist die Leine noch im Freien und man merkt Hans an seiner Körperhaltung an, dass sich das Wegzerren verbessert hat. Er beginnt, langsam zum Rand aufzubrechen. Fluchend erreicht er seichteres Gebiet und setzt sich einfach wieder nieder. „Jetzt bin ich die Kälte schon gewöhnt. Was weiter?"

„Du bist gut! Wir müssen zu den Bäumen. Ich drüben und du bei dir. Komm schon!" Karl ist wieder bei Stefan und Katharina angelangt, schreit die Antwort zu Hans und murmelt, nur für die beiden verständlich: „Ich kann diese Kälte nicht gewöhnt werden."

Da die ganze Leine jetzt wieder im Wasser ist, hat sich auch die Angriffsfläche vergrößert und erst mit der Bewegung in Fließrichtung wird der Druck auf die Hände ein bisschen besser. Ohne Probleme kommen beide an die ausgesuchte Stelle von vorhin, wo eben auch Katharina und Stefan auf Karls Seite eintreffen.

„Das war einfacher als gedacht. Ab der Mitte, außerhalb des Wassers, überhaupt kein Problem."

„Wir haben es gesehen", antwortet Katharina und muss sich ein Lachen verbeißen. Karls Augen, wie immer, überall und nirgends. Dazu die Badehose und die nassen Schuhe ohne Socken, irgendwie belustigend.

„Hans!" Karl ruft auf die andere Seite. „Kannst du eine Stelle zum Anbinden finden?"

„Ich schaue schon. Den dort werde ich nehmen." Hans hat einen größeren allein stehenden Baum im Visier und versucht krampfhaft, die obere Astreihe zu erreichen. „Ich schaffe das nicht mit dem Seil in der Hand. Du musst herüberkommen!", keucht er nach mehrmaligen vergeblichen Versuchen. „Beeile dich aber, mir wird allmählich kalt!"

„Mir ist auch nicht gerade warm", antwortet Karl mit schiefem Blick ins Wasser. Er gibt Stefan das Seilende und stürzt sich, ohne lange zu zaudern, gegen die Strömung in die Fluten. Es spritzt gewaltig, sein Körper taucht kurz unter und trotz der kräftigen Kraulbewegungen wird Karl ganz schön weit in Fließrichtung von den Zuschauern weggetrieben, um dann doch einige Meter weiter unten mühsam am anderen Ufer hinauszuklettern.

„Mir reicht dieser Sport!", krächzt er schwer atmend Hans entgegen, der ihn schelmisch angrinst. „Beeilen wir uns! Schau, dass du irgendwie an mir hochkommst!"

„Du hättest dich an der Leine anhalten können, dann wärst du nicht so weit abgetrieben und du müsstest nicht so schnaufen."

„Du hast Recht. Daran habe ich gar nicht gedacht." Während Karl verdutzt antwortet, hat sich Hans schon über eine von ihm bereitgestellte Handleiter vorsichtig nach oben geschwungen und verlangt, bei den unteren Astreihen angekommen, das vorher um den Baum gewickelte Seilende.

„Passt auf, dass ich noch genug Strick hier drüben habe!", ruft Stefan auf die andere Seite und begibt sich vorsichtshalber in die Nähe des vorgesehenen Gegenbaumes.

„Katharina! Schaffst du es auf den Stamm?" Karls Stimme ist deutlich zu hören und bevor er noch etwas sagen kann, ist Katharina schon ohne Hilfe bei der zweiten Astreihe angekommen und murmelt, nur von Stefan verstanden: „Da staunt ihr! War nicht umsonst turnen." Lauter schreit sie dann über den Bach: „Soll ich das hier festmachen?"

„Wenn du es schaffst", antwortet Hans ihr in gleicher Höhe gegenüber. „Einfach über einen oberen stärkeren Ast nach unten binden. Einen guten Knoten bitte. Ich warte noch und spanne nach dir."

Nach zwei Versuchen schafft es Katharina tatsächlich, nach einigen Ratschlägen von Stefan unter ihr, das Seil stabil zu verknoten, und sie verfolgt dann, wieder auf der Erde, die Bemühungen von Hans, das Seil am anderen Ende straff zu spannen. Mit Hilfe Karls gelingt es den beiden gemeinsam, einen so starken Zug zu erzeugen, dass der Strick kaum durchhängt und fast gerade auf die andere Seite zeigt.

„Wer von euch traut sich zu uns herüber?" Karl deutet auf das Seil über ihm.

„Wieso wir? Ihr seid ja nicht angezogen", antwortet Stefan.

„Ach so. Auch wahr. Aber wir wollten zwei Seile. Wir sind etwas schwerer."

„Probieren geht über studieren. Wenn es funktioniert, brauchen wir kein zweites Stück und die Arbeit könnte uns erspart bleiben."

„Und außerdem", beteiligt sich jetzt auch Katharina an dem Gespräch, „will ich dich da hängen sehen."

„Frech, die Kleine! Also gut, ich probiere es." Mit einem Kopfnicken zu Hans schwingt er sich, mit den Füßen zusätzlich eingehängt, auf das Seil, das tatsächlich sein Gewicht hält, und beginnt unter dem Gejohle der Zuseher langsam über den Bach zu klettern.

„Das hätte ich dir gar nicht zugetraut." Wieder am Boden, klopft ihm Katharina anerkennend auf die Schulter. „Hier, dein Handtuch!"

„Gott sei Dank, ich bin da. Das schaffe ich morgen auch. Hans, du kannst kommen."

Mit den gleichen Verrenkungen kommt auch dieser auf die andere Seite und in Handtücher eingewickelt betrachten sie anschließend wohlwollend ihr Werk.

„Es hat uns niemand besucht. Auch egal. Wir wissen, dass es morgen klappen könnte", murmelt Katharina geistesabwesend in die Stille. „Zieht euch an! Gehen wir zurück."

Tagebuch: Tag 5

Zwischenbericht, Nachtrag Tag 4, Katharina und Stefan: Die beiden haben den noch immer überschwemmten See erreicht und konnten von den Felsen am linken Bergrand die abgedeckten Häuser am Badeplatz und entfernt zumindest einen intakten Kirchturm der Marktgemeinde erspähen. Der Grund des Hochwassers konnte nicht eruiert werden. Die Brücke ist eingestürzt und der Bach hat ziemlich gewütet. Um mehr zu erfahren, müssen wir dort hin.

Haben uns vor der Rückkehr zu unserer Siedlung noch mit einigen Leuten beraten, Lebensmittel, Hilfeleistungen und so weiter. Michaela und Andy lassen ihre Kinder noch in der Schule, werden mit passenderer Kleidung wiederkommen. Die Stimmung ist bedrückt und Unterstützung von außen wird allmählich erwartet. Im Ort gibt es keine normal geregelte Tätigkeit mehr, nur Katastrophenbeseitigung.

Die Landwirte sind tatsächlich nicht so technikabhängig wie wir zum Beispiel. Nahrungsmittel werden bei uns zum Problem, dort noch nicht. Auch gut.

Sind gegen Mittag wieder zurückgekommen, man hat auf uns gewartet, wir haben das Wenige weitervermittelt. Wir sollten jetzt endlich mehr über die Katastrophe erfahren. Wenn niemand kommt, müssen wir hinaus, Gewissheit bekommen, ganz gleich, in welcher Form.

Morgen wollen Katharina, Stefan, Karl und Hans (der mit seinen Eltern zu unserer Gruppe gestoßen ist) über die andere Bachseite, beim See vorbei, um bis zur Marktgemeinde vorzudringen. Hoffentlich gelingt das Unternehmen.

Die anfängliche Ablenkung durch ständige Herausforderungen weicht allmählich den unangenehmen Gedanken: Was wird sein? Arbeitsplatz, Verwandte, Bekannte usw. Ich möchte in die

Stadt, so oder so, endlich mehr wissen! Ein Leben ohne Strom, furchtbar.

7

„Horch, was ist das für ein Lärm?" Melanie sitzt im Bett neben mir und hat mich wachgerüttelt. Noch verschlafen und nicht ganz bei Bewusstsein dringt jetzt auch das unangenehme Sausen von immer wieder auftretenden starken Windböen an meine Ohren. Ein Geräusch, das ins Mark geht, besonders nach den Ereignissen vor ein paar Tagen. Die schlechten Erinnerungen sind noch zu frisch.

Am Dach scheppert die provisorisch reparierte Kaminummantelung und an den Dachfenstern scheinen die Blechverkleidungen auch nicht mehr in bestem Zustand zu sein. Vom Wind gebeutelt, kracht es fürchterlich.

„Wo kommt jetzt dieser Sturm her?", antworte ich augenblicklich hellwach. Gleichzeitig öffnet sich die Schlafzimmertüre. Katharina steht im Rahmen und leuchtet uns mit einer Taschenlampe in die Gesichter.

„Bei mir ist es so laut. Ich habe Angst."

Melanie hat mittlerweile auch ihren auf dem Nachtkästchen liegenden Strahler eingeschaltet und während eine neuerliche Böe beinahe die Mauern erzittern lässt, winkt sie Katharina zu sich.

„Ich schaue vorsichtshalber hinunter und hinaus. Reicht die Joggingbekleidung?", meine ich an meine Frau gewandt und aus dem Bett kletternd. Dabei kommt mir Katharina in die Quere, die der Aufforderung von vorhin bereitwillig nachkommt. Mutter und Tochter im Bett, wie aus Kindergartenzeiten.

Ob bei Andy die Dachabdeckungen halten? Karl wird wahrscheinlich aufgewacht sein.

150

„Ich weiß es nicht", antwortet Melanie, die nun auch aufgestanden ist, den Vorhang beiseite schiebt und aus dem Fenster schaut. „Nichts zu sehen. Aber es regnet, glaube ich, nicht."

Wieder heult es fürchterlich und man möchte sich unwillkürlich ducken. Ein ausgesprochen unangenehmes Gefühl in der Bauchgegend macht sich breit, die beiden Damen leuchten auf meine abgelegte Kleidung und beim hastigen Anziehen werfe ich einen Blick auf meine Uhr.

1 Uhr morgens. So ein Krampf! Nicht einmal schlafen kann man! Diese unmöglichen Situationen verfolgen uns allmählich.

„Bleibt ihr da! Ich schaue schnell hinaus! Einen Strahler gebt mir mit hinunter!" Auf einem Bein hüpfend schaffe ich das zweite Sockenpaar, Kati gibt mir ihre Lampe und unsicher fällt gleichzeitig mit dem Nehmen ein Blick auf meine bessere Hälfte.

„Sollen wir nicht mitkommen?" Melanie reagiert mit dieser Frage.

„Ihr könnt im Wohnzimmer warten. Wozu die Anstrengungen? Es reicht, wenn einer hinausgeht."

„Pass auf dich auf!", höre ich sie mir noch nachrufen. Ich bin mittlerweile schon im Stiegenhaus und gleich im Wohnzimmer, der Lichtkegel beleuchtet gespenstisch die Einrichtung. Von draußen dringt durch die Seitenmauer das Schlagen der Äste des mit der Dachrinne verwachsenen wilden Weines und ein Blick durch die Terrassentüre in den Wintergarten zeigt schmerzhaft die leider noch immer darin befindliche Zerstörung.

Warum schon wieder so ein Sturm? Gott sei Dank nicht so stark wie der vor ein paar Tagen! Sollte auch gar nicht möglich sein. Diese Heulerei reicht aber auch. Diesmal kommt der Wind von hinten. Der Baumrest da draußen bewegt sich kaum.

Das Licht meiner Taschenlampe verweilt noch ein bisschen auf den Regalen an der rechten Wand und beim nächsten pfeifenden Sturmgeräusch entschließe ich mich, ins Freie zu gehen.

Irgendjemand von der anderen Seite muss dieselbe Idee gehabt haben, denn kaum bei den Autos angelangt, leuchtet ein Lichtkegel auf die Straße. Es ist Karl, der, da kein Zaun mehr vorhanden, einfach schräg herüberkommt.

„Schon wieder so ein Sturm!", schreit er mir entgegen. „Ich hatte aber schon so ein Gefühl, weil es gestern so eigenartig warm war. Wenn du schon da bist, wir sollten zu Andy vor schauen!"

Eine neuerliche Böe lässt seinen Anorak flattern, von einem unheimlichen Rauschen der Bäume in der Ferne begleitet. Instinktiv leuchten wir beide die Hauskonstruktionen ab, es ist aber alles intakt.

„Gott sei Dank nicht dasselbe wie bei den Katastrophenfolgen, aber trotzdem arg genug!", antworte ich ihm ebenfalls schreiend.

Karl kommt näher zu mir und meint, jetzt besser verständlich: „Es ist warm, spürst du es auch? Unheimlich! Ich habe hoffentlich die Plane ordentlich verschraubt bei denen am Dach. Gut, dass du da bist!" Sein Grinsen wirkt ein bisschen aufgelegt und er scheint nervös zu sein. Wahrscheinlich zeige ich ihm auch kein anderes Bild.

Wieder zersaust ein Windstoß unsere Haare, wir leuchten die Einfahrt hinauf, schauen uns in die Augen und ich bedeute stumm mit einer Kopfbewegung, zu gehen.

Vorne angekommen, scheint auf den ersten Blick, so weit der Schein der Lampen reicht, auf dem Dach noch alles halbwegs in Ordnung zu sein. Einzig das Krachen der Planen ist neben den Windgeräuschen mehr als unangenehm. Im Haus muss außerdem wer im obersten Stock hantieren, flackerndes Licht begleitet schattenhafte Bewegungen, die in den Dachfenstern gut zu sehen sind.

„Da ist schon wer oben!", schreie ich den eigentlich sinnlosen Satz.

„Hoffentlich haben die keine Probleme", antwortet Karl und ist schon bei der Eingangstüre, die nicht verschlossen ist.

Kaum im Vorraum angekommen, hören wir über das Treppenhaus Michaela, die uns bereits im Zwischenstock von oben entgegenruft: „Ich habe euch kommen sehen. Gut, dass ihr da seid!"

„Ist irgendetwas am Dach?", antwortet Karl, während ich stumm im Schein meiner Lampe die Wasserschäden im Flur begutachte. Überall an den Wänden sind noch nicht ganz trockene Flecken in dunklerer Farbe, die Folgen des enormen Wassereintritts. Es müffelt leicht, trotz wahrscheinlich ständiger Lüftung. Das ganze Haus zu sanieren, wird sehr viel Arbeit.

„Andy meint, einer der Balken am Rand lockert sich, wo die Plane befestigt ist, du weißt schon. Hoffentlich bläst uns dieser blöde Wind den Rest nicht auch noch davon!" Michaela ist jetzt bei uns unten und ein bisschen außer Atem.

Karl flüstert etwas, was ich nicht verstehe, und gerade, als ich mehr hören will, öffnet sich die Türe hinter uns und Hannes leuchtet in den Raum. „Ich habe euch da hineinverschwinden sehen. Braucht ihr Hilfe?"

„Du bist auch aufgewacht?", ist meine Frage.

Hannes muss lachen. „Bei dem Lärm ist das wohl kein Wunder! Was ist los, Michaela?", wendet er sich dann an sie.

„Die Verstrebungen könnten sich lockern. Dieser Sturm ist schuld. Wieso ist auf einmal so ein starker Wind?"

„Ich bin doch kein Prophet und auch kein Wetterkundler. Es stimmt ja sowieso nichts mehr seit ein paar Tagen. Ich weiß es nicht."

„Diese Wärme wahrscheinlich. Wieder eine Sogwirkung", antwortet Karl und deutet mit einer Hand das Stiegenhaus hinauf. „Wir sollten zu Andy! Worauf warten wir noch?"

Oben angekommen, ist der Raum relativ gut von zwei am Boden liegenden Strahlern beleuchtet und wir sehen Andy am Rand bei der Plane herumstochern.

Was ich erblicke, lässt mich staunen: Karl hat am Dach wahre Wunder vollbracht. Der Baumrest ist beseitigt und das große Loch ist mit ein paar provisorischen Verstrebungen von einer Seite auf die andere verbunden. Die Abdeckung scheint von außen am Dachrest befestigt zu sein. Die immer wiederkehrenden Sturmböen blähen sie auf und erzeugen ein unangenehm knallendes Geräusch. Die Betten sind zerlegt und zur Seite geräumt, lediglich der Wandverbau steht noch unter dem intakten Dachteil an der Mauer. Der Teppichboden ist in einem bedauerlichen Zustand, bei den Zerstörungen aber nicht anders zu erwarten.

Andy wird auf uns aufmerksam und unterbricht seine Tätigkeit. „Danke, dass ihr gekommen seid. Karl, schau dir das einmal an!" Er zeigt auf die Plane, die soeben wieder von einer Windböe erfasst wird, die an der seitlichen Verstrebung zerrt. „Wenn das so weitergeht, könnte das Ganze weggerissen werden!"

„Du hast Recht", antwortet Karl und betastet das in Mitleidenschaft geratene Holzteil. „Hast du Werkzeug und Holz bei dir?"

„Was meinst du?"

„Na, am besten Kanthölzer. Sonst müsste ich zu mir. Und Schrauben und einen Akkubohrer, der noch geht. Dieser wiederkehrende Druck ist nicht gut. Ich sollte mich beeilen."

„Komm mit mir in den Keller! Ich glaube schon." Ohne uns weiter zu beachten, zerrt Andy Karl von uns weg und wir restlichen drei stehen alleine im Raum und schauen uns gegenseitig an. Immer wieder saust der Wind am Dach vorbei und erzeugt ein gespenstisches Heulen und Krachen. Draußen ist es stockfinster und nichts ist zu erkennen, auch keine Sterne. Es muss bedeckt sein, aber ohne Regen. Wie es scheint, ist die Windgeschwindigkeit seit dem ersten bewussten Erleben nicht stärker geworden. Mir kommt es zumindest so vor. Wir dürfen froh sein.

„Unangenehm, oder?", meine ich in dem Wirbel. „Jetzt noch ein weggerissenes Dach, das fehlte noch."

„Bitte, hör auf!" Michaela hält sich den Mund zu. Die Verstrebungen knarren fürchterlich und die Plane rüttelt bedenklich.

„Erich oder Hannes!" Karls laute Stimme von unten herauf lässt uns auf andere Gedanken kommen.

„Was ist?", schreie ich hinunter.

„Einer von euch soll mit mir kommen! Durch den gefluteten Keller sind die ganzen Geräte von Andy unbrauchbar. Halbwegs vernünftiges Holz habe ich aber hier gefunden."

„Du oder ich?"

„Ich." Hannes nickt und verschwindet im Gang. Derweil kommt Andy mit ein paar Holzpfosten herauf, die er atemlos in die Mitte des Raumes schmeißt. Eine Handsäge, noch ohne Rost, baumelt seitlich an seinem Hosengürtel befestigt und wird von ihm jetzt ebenfalls auf den Boden gelegt.

„So!", meint er lächelnd. „Das bekommen wir in den Griff. Wie schaut es aus?"

„Die ganze Zeit eigentlich immer gleich", antworte ich ihm.

„Wenn der Wind nicht stärker wird. Es passiert schon nichts!"

„Ich mag nicht mehr!", flüstert Michaela dazwischen. „Kann denn nicht endlich einmal wieder Ruhe herrschen?"

„Ach komm, mein Schatz!" Andy nimmt sie tröstend in seine Arme. „Wir haben unsere Kinder wieder. Dieses Haus ist mir egal. Die Versicherungen werden schon zahlen. Und außerdem ..."

Wenn es noch welche gibt ... Die Schäden sind ja wirklich egal. Er hat schon Recht.

„Ich mag aber trotzdem nicht mehr!", schmollt Michi weiter.

„Karl und Hannes kommen wieder", unterbreche ich die beiden mit einem Blick aus dem Fenster. Schwankende Lichtkegel nähern sich. Ich bin froh, dass gleich etwas zu tun sein wird. Das sollte auch Michaela helfen, auf andere Gedanken zu kommen. „Ach übrigens, Michaela?", meine ich weiter, mit einem Blick auf sie. „Ihr habt doch einen Gaskocher? Wenn du so lieb bist: Wir sind alle übernächtig und könnten einen warmen Tee vertragen."

„Oh, entschuldigt! Was bin ich doch für ein schlechter Gastgeber! Ich richte etwas her."

Etwas verlegen richtet sich mein Blick auf sie. „Bei diesen Zuständen brauchen wir doch keinen Gastgeber!", rufe ich ihr noch nach. Mich plagt ob meiner Direktheit ein bisschen das Gewissen.

„Ist schon gut", meint Andy und klopft mir auf die Schulter. „Das bringt sie auf andere Gedanken. Ist besser so."

Eine stärkere Windböe fegt gerade wieder über das Haus und er hält instinktiv die flatternde Plane gegen die Verstrebung. Auch ich versuche, das Plastik irgendwie nach unten zu drücken. Gott sei Dank passiert nichts und wir atmen auf.

„So eine Scheiße!", flucht Andy. „Es wird Zeit, dass wir etwas tun!" Mit Blick auf eines der Lichter am Boden meint er weiter: „Eine dieser Lampen wird auch schon schwächer. Ich habe keine Reservebatterien mehr gefunden. Wie schaut das bei euch aus?"

„Bis jetzt leuchtet das Zeug noch. Wir haben sie nicht …"

„So, wir sind wieder da!" Karl unterbricht mich bei meiner Erklärung. Er ist ein bisschen außer Atem von den Stiegen und zeigt eine Bohrmaschine theatralisch in die Höhe. Die beiden sind wieder zurück und kommen in den Raum.

„Zwickt mich, aber ich glaube, der Wind wird schwächer."

„Das meinst auch nur du. Hier oben merken wir nichts davon", antwortet ihm Andy und zeigt auf die wackelnden Planenteile.

Hannes stellt derweil zwei mitgenommene Werkzeugkoffer voller Schrauben neben die am Boden liegenden Holzstücke und wendet sich an Karl. „Hast du einen Plan?"

„Ich und noch einer, wir müssen hinaus. Blöderweise bin ich beim Fixieren zu nahe an die weniger stabilen Ränder gekommen. Jetzt könnte es ausreißen. Tut mir leid."

„Spinnst du? Ich bin froh, dass es dich überhaupt gegeben hat!", kontert Andy kopfschüttelnd. „Ich weiß, was du tun willst. Von außen mit den Holzbalken niederschrauben. Bei dem Wind wird es besser sein, wenn wir alle mithelfen."

„Soll ich euch den Tee bringen?" Michaelas Stimme unterbricht von unten unsere Überlegungen.

Andy schaut uns stumm an und wir schütteln die Köpfe. „Jetzt nicht!", erwidert er hinunter. „Halte das Wasser warm, wir kommen später!"

„So, wir können!", wendet er sich dann wieder mit leiserer Tonlage an uns.

Im inneren Stiegenbereich gibt es einen Einstieg in die Dachkonstruktion und von dort reicht ein kleines Kippfenster auf den unversehrten Dachteil.

An dieser Stelle wollen wir alle hinaus und über die Kante auf die andere Seite gelangen – wenn es der Wind zulässt. Wir werden sehen …

Bevor wir aufbrechen, bohrt Karl noch schnell in alle Hölzer mehrere Löcher für die Schrauben und mit einigem Ballast unter den Armen stehen wir kurze Zeit später unter dem Auslass. Leider in gebückter Haltung, wir sind trotz unterschiedlicher Körpergröße alle zu groß in dem Notausstieg. Alle Lampen sind dabei, zwei sind eingeschaltet und geben ausreichend Licht. Andy hantiert an dem Schiebeverschluss. An einer fixen Halterung auf einer Schiene befestigt, lässt sich das Fenster relativ leicht öffnen. Sofort empfängt uns die Geräuschkulisse der immer wiederkehrenden Böen.

„Da kann immer nur einer hinaus. Ich fange an!" Andy schaut vorsichtig durch die Luke. Sein Bart und seine Kopfhaare werden vom Wind ganz schön zersaust. Mit einem Ruck stemmt er sich an den Rändern ab und bäuchlings schiebt sich sein Körper auf das Dach. „Ziemlich windig hier, aber es geht." Auf allen vieren klettert Andy weiter nach oben. Karl, der sich nach ihm am Fenster breit gemacht hat, leuchtet hinterher. „Ich traue mich nicht, aufzustehen. Wartet noch! Ich komme wieder zurück."

In dem Lärm ist seine Stimme kaum zu verstehen. Langsam und ohne sich umzudrehen tastet er auf den Knien vorsichtig nach unten und grinst anschließend neben der Öffnung herein. „Sag mal, wie hast du das hier oben gemacht? Mir ist das Dach zu steil. Äußerst unangenehm."

„Man muss es gewöhnt sein, ich weiß", antwortet Karl mit einem Lächeln. „Lass mich einmal hinaus! Da, halte die Lampe!" Ein Ruck und er ist draußen. Er bleibt aber auch in gebückter Haltung, denn ein neuerlicher Windstoß rüttelt an seinem Anorak. „Das geht gar nicht anders. Da oben kommt einem der Wind doch stärker vor."

Andy hat sich sicherheitshalber hingesetzt und leuchtet zum Kamin hinauf. „Dorthin sollten wir das Holz bringen!", meint er mit Blick auf mich. Ich bin der Nächste in der Luke.

Hannes hinter mir meldet sich mit einem Schulterklopfen. „Was ist? Ich möchte auch hinaus."

„Warte noch! Ich glaube, du könntest mir die Teile rausreichen", murmle ich zurück und spanne meine Muskeln an.

Das Hinausklettern ist tatsächlich nicht schwierig. Hochstemmen, ein Schwung – und mit den Knien ist man am Dach. Gut, dass in der Finsternis die Tiefe nicht zu sehen ist, das gelegentliche Licht einer Lampe am Nachbardach reicht mir schon.

„Andy! Klettere du in die Nähe des Kamins, du, Karl, dazwischen und Hannes reicht mir das Werkzeug und die Holzteile!"

Sirrend macht sich ein neuerlicher Windstoß bemerkbar und rüttelt an den Haaren. Ich komme mir vor wie auf einem Segelboot im Sturm. Nur wäre es dort schöner als hier oben. Starken

Wind auf einem Schiff empfindet man anders als auf einem schrägen Dach in der absoluten Dunkelheit. Die beiden über mir sind langsam vorwärts gekrochen und Hannes gibt mir die ersten Kanthölzer. Das Weiterreichen funktioniert ohne Probleme. Nach und nach ist alles beim Kamin angelangt, wo Andy an der windabgewandten Seite einen ruhigeren Platz gefunden hat.

„Kommt alle zu mir!", meint er, den Lärm übertönend. „Von hier kann man die Plane gut sehen." Er leuchtet mit seiner Lampe in die gemeinte Richtung, aus der auch ein Rascheln und Knattern dringt. Karl ist jetzt beim Rauchfang und richtet sich auf. Mit einer Lampe in seiner Hand leuchtet er mir und nun auch Hannes den Weg.

„Seht ihr die Verspannung?" Karl zeigt mit seiner Lampe auf die Planenränder. „Ich bin zu knapp am gebrochenen Rand mit den Hölzern. Ich weiß nicht, wie stabil es dort ist. Ein Mal war ich zwar schon oben, aber alleine und bei schönem Wetter."

„Du meinst …", melde ich mich zu Wort. Neben dem Kamin scheint tatsächlich der bessere Platz zu sein. Der Wind kommt einem hier viel schwächer vor. „Du meinst, es müssen mehrere die Plane halten, bevor du sie neuerlich anschraubst?"

„Genau. Und das wird zu schwer sein. Einfach aufmachen geht nicht bei dem blöden Wetter."

Ein stärkerer Windstoß rüttelt bedenklich an den Befestigungsbalken.

„Wir sollten uns beeilen, bevor es zu spät ist!" Andy leuchtet irritiert ebenfalls auf die verschiedenen Hölzer an den Rändern. „Ein Wunder, dass bisher nichts ausgerissen ist!"

„Also, was tun?" Karl ergreift wieder das Wort.

„Wir riskieren es einfach!", antwortet ihm Andy und nimmt zwei Holzbalken. „Alle! Zuerst die Seite mit dem Wind! Balken auf, Plane festhalten, altes und neues Kantholz weiter hinten anschrauben! Eine Gemeinschaftsproduktion!"

In gebückter Haltung bewegen wir uns alle am Dachrand entlang auf die andere Seite. Der Vorderste leuchtet den gewählten Weg und den mit der Plane abgedeckten Lochrand aus und wir anderen folgen dem Licht einfach. Auf der windabgewandten Seite legen wir uns nieder und kriechen langsam näher an den lädierten Dachteil.

„Einer leuchtet am besten schräg nach unten! Ich nehme den Akkubohrer und die Schrauben. Einer hält die Plane unten und der Letzte kümmert sich um die Balken und die Abdeckung!" Karl hat sich umgedreht und flüstert uns auf dem Bauch liegend entgegen. „Wer macht was?"

„Gebt mir die Lampe!", antworte ich. „Mir taugt dieses Dach nicht. Ich fühle mich zu wenig sicher!"

„Gut, dann nehme ich die Hölzer und du, Hannes, hältst mit mir die Plane!" Andy stapelt zwei Kanthölzer vor sich auf und schaut zu mir zurück. „Geht es dir nicht gut?"

„Mach dir keine Sorgen! Wenn ich tief unten bleibe, geht es schon. Das mit der Lampe ist kein Problem. Fangt lieber an!"

Im Schein der von mir gehaltenen zwei Strahler kriecht Karl als Erster vorsichtig an den Lochrand zu seinen Befestigungen, hinter ihm Andy und seitlich daneben bleibt Hannes ein bisschen weiter von den beiden weg, um das Gesamtgewicht besser zu verteilen. Mit einem den Wind übertönenden Surren öffnet Karl die Schrauben, Andy schiebt einen neuen Balken in seine Nähe und gemeinsam mit Hannes versuchen sie, die nun an einer Seite lose Plane am Dachrand niederzuhalten. Es gelingt überraschend gut und schaut von meiner Position ziemlich einfach aus. Beim zweiten und danach dritten Holzteil das gleiche Bild. Ohne Probleme sind jetzt überall ein Stückchen weiter hinter der vorherigen Position neue Niederhalter zusätzlich montiert und die Abdeckung schaut auf dieser Seite besser und straffer gespannt aus.

„Das ging besser als gedacht!", meint Karl erleichtert. „Jetzt noch die Seite mit der Windangriffsfläche. Wenn wir Glück haben, ist dein Problem in ein paar Minuten erledigt."

Wie bestellt, hat sich bei den Arbeiten vorher der Sturm ziemlich zurückgehalten. Er meldet sich jedoch jetzt plötzlich mit ziemlicher Wucht zurück. Stärker als alles bisher auf dem Dach erlebte, braust eine Böe durch das Tal. Die Vorboten seiner Ankunft sind an den Waldrändern zu hören und das Rauschen lässt nichts Gutes ahnen.

„Schnell, zu den vorderen Teilen!", schreit Andy entsetzt. „Bleibt aber am Boden!"

Der Wind ist da und zerrt an unseren Körpern. Ein Balken bei der vorderen Abdeckung wird weggerissen und ein Planenteil schlägt wild um sich. Gott sei Dank war Andy so geistesgegenwärtig und hat die Gefahr instinktiv erkannt. Ich mit meinen Lampen brauche ja nur in die Gegend zu leuchten, er ist aber schon dort und legt sich quer zum Wind auf die restliche Befestigung, um sie zu schützen. Karl ist auch schon bei ihm. Gemeinsam bändigen sie das zerrende Stück und scheinen alles unter Kontrolle zu haben. Hannes kommt mit zwei neuen Hölzern und der Maschine. Zu dritt wird es einfacher und da der starke Wind nur kurz gewütet hat, ist die restliche Montage kein Problem mehr.

„Puh, das war knapp!" Andy stößt die Luft erleichtert aus seinen Lungen. „Es war notwendig. Bin ich froh, dass ihr gekommen seid!"

„Ich glaube, das hält", meint Karl mit Blick auf die neuen Verschraubungen zufrieden. Dabei zerrt er an der Plane, um die Festigkeit zu prüfen. Es scheint zu passen, denn er äußert sich nicht weiter dazu und entfernt sich schweigend in meine Richtung. Ich bin mittlerweile auch näher auf die andere Seite geklettert und leuchte in die Gesichter unter mir, die geblendet zur Seite schauen.

„Erich, was soll das?", ruft Hannes unwirsch. Ich leuchte aber sowieso schon wieder woanders hin und mache mich auf den Weg zum Kamin von vorhin. Von hier aus ist das Lukenfenster einladend geöffnet zu sehen. Mir reich das Dach allmählich.

„Sag nur, du hast Höhenangst?" Karl stupst mich freundschaftlich an. Mir fällt nichts darauf ein und zeige nur zum Fenster.

„Du als Erster!", sagt Andy, jetzt auch hier oben angekommen. Er hat unsere Unterhaltung offensichtlich gar nicht mitbekommen, deutet meine Armbewegung auf seine Art und meint weiter: „Es ist nicht zu glauben, als ob der letzte Windstoß die Verabschiedung von dem Sturm gewesen ist! Jetzt war keine stärkere Böe mehr."

„Sei froh!", antwortet ihm Karl. „Jetzt sollten wir Michaelas Tee ausprobieren und dann noch einmal ins Bett! Ich muss in ein paar Stunden wieder fit sein."

„Ihr werdet aber nur bei schönerem Wetter aufbrechen, oder?" Andys Frage hört Karl gar nicht mehr. Er ist schon auf halbem Weg zum Fenster und folgt mir ins Haus zurück.

Warm ist es, das Getränk, welches uns Michaela anschließend in ihrer Küche reicht. Und es tut ausgesprochen gut bei den trockenen Mündern, die wir alle haben. Das war knapp. Der eine Windstoß hätte ausgereicht, um die ganze Abdeckarbeit von Karl zunichte zu machen. So ist es schon besser und die beiden brauchen wenigstens den nächsten Regen nicht zu fürchten.

Apropos fürchten … Ich werde nicht mehr so schnell freiwillig aufs Dach klettern. Scheine nicht ganz gegen Unsicherheitsgefühle in der Höhe gefeit zu sein. Wenn man es weiß, ist das aber auch kein Problem. Es gibt Schlimmeres.

8

„Es ist kaum zu glauben, das Wetter ist wieder gut!" Karl ist zu uns herübergekommen und möchte Katharina abholen. Jetzt steht er neben mir und wir beide betrachten den Holzstamm, der immer noch im Wintergarten liegt. Der kleine Teich, die Wände, alles kaputt.

„Wenn ich zurück bin, dann schneiden wir dieses Ungetüm auseinander! Versprochen!"

„Danke", murmele ich geistesabwesend.

Mein Lieblingsplatz! Es ist zum Heulen. Was sich in diesen paar Tagen alles ereignet hat! Und was noch auf uns zu kommen wird? Wenn ich …

„Ich bin so weit!" Katharina ruft uns von hinten zu und unterbricht meine Gedanken. Blaue Jeans, roter Pullover, dazu passende Windjacke und ein strahlendes Lächeln sind für unsere beiden Augenpaare ein angenehmerer Anblick als das Chaos im Freien. „Karl, was meinst du, kommen wir heute noch zurück?"

„Wie soll ich das verstehen?"

„Na, bleiben wir über Nacht? Dann muss ich mehr mitnehmen."

„Geplant ist es nicht. Wir müssen Stefan und Hans fragen." Kopfschüttelnd geht Karl zum Esstisch. „Das ist aber widersinnig, denn wir werden Hans abholen. Wir planen nur einen Tag. Länger möchte ich nicht wegbleiben."

„Gut, dann genügt der kleine Rucksack. Ich bin bereit!" Katharina schmunzelt uns nach ihrer Antwort spitzbübisch entgegen. Sie scheint sich auf den kommenden Ausflug zu freuen.

„Genügt dir diese Jacke?" Karl zeigt auf das Kleidungsstück, das Hans neben ihm in einen Rucksack steckt.

Katharina, Stefan und Karl sind seit ein paar Minuten hier, um den Letzten der Gruppe, nämlich Hans, abzuholen. Dieser wartet schon seit geraumer Zeit unruhig auf ihr Erscheinen. Durch die Unterbrechungen in der Nacht ist es etwas später geworden. Nicht, wie ursprünglich vereinbart, früher Morgen, sondern beginnender Vormittag. Wenn sie heute noch am Seerand vorbei und wieder zurückkommen wollen, dann müssen sie sich beeilen.

„Das reicht sicher. Ich glaube nicht, dass sich das Wetter noch einmal so abrupt ändert. Man wird das ja beinahe schon gewohnt." Hans richtet sich auf und deutet zum Bach. „Lasst uns unser Seil testen, kommt!"

Das besagte Stück hängt wie gestern zwischen den gewählten Bäumen und harrt der Dinge. Einzig das Wasser ist wieder ein kleines Stück gesunken. Es war kein Regen bei dem Sturm dabei. Ein paar Tage noch und der Pegel sollte wieder den Normalzustand erreichen.

„Wer ist der Erste?" Karl deutet bei seiner Frage aber schon auf Katharina und ergänzt: „Dich lassen wir beginnen. Möchtest du deinen Rucksack hier lassen? Du würdest dich leichter tun."

„Ach was, der ist nicht schwer und außerdem müsste einer von euch dann zwei umhängen. Ich kann das schon." Katharina kramt während ihrer Antwort in ihren Sachen und bringt ein paar Handschuhe zum Vorschein, sie hat das gestern Besprochene nicht vergessen.

„Ich hebe dich hinauf", meint Karl wohlwollend. „Mach es so, wie ich und Hans gestern! Mit dem Kopf nach hinten und den Füßen zusätzlich eingehängt."

Katharina verschnürt ihren Rucksack noch mit einem Gürtel, den sie mitgenommen hat, ein schlaues Mädchen, wie sie ist, und wartet dann unter dem Seil auf Karl und seine Hebekünste. Ihr geringes Gewicht lässt ihn nicht einmal rot werden und flugs hängt Kati wie ein Affe eingehängt über Stefan, der von unten interessiert zuschaut. Er wird der Nächste sein und er merkt jetzt schon, dass das Ganze nicht so leicht wird.

„Das Hängen geht ja, aber wie komme ich jetzt weiter?" Katharina versucht, an dem fest mit beiden Händen umklammerten Seil eine Hand zu lockern, und wäre beinahe abgestürzt. Instinktiv hat sie sich sofort mit der Armbeuge zusätzlich gesichert und versucht nun, sich langsam weiterzuhangeln. Stück für Stück kommt sie voran. Bei ihren Bewegungen schaukelt das Seil auf und ab und etwa in der Mitte der Verbindung unterbricht Kati ihre Anstrengung kurz, um wieder ruhiger zu hängen.

„Ist das anstrengend!", seufzt sie herüber. Mit der Kniebeuge eingehängt und die Füße über Kreuz gesichert schielt sie auf das Wasser unter ihr.

„Bleib nicht zu lange so!", ruft Karl hinüber. „Schaffst du es weiter?"

„Werde ich wohl müssen, sonst könnt ihr mich aus dem Wasser ziehen."

Auf der anderen Seite scheint die Spannung des Seils besser zu sein, jedenfalls wippt Katharina bei ihren weiteren Bemühungen nicht mehr so stark und erreicht schließlich den Wasserrand. Sofort lässt sie sich nach unten hängen und springt auf den Boden. „Geschafft!", ruft sie freudig herüber.

„Jetzt du, Stefan!"

„Hoffentlich kann ich das! Ich habe mir aber etwas Zusätzliches ausgedacht", antwortet Stefan verhalten und sucht in seinen Sachen. Zum Vorschein kommt ein dickes Stück Seil, welches er über den zur anderen Seite reichenden Strick legt und mit einer Doppelschlaufe verknotet. „So eine Art Lift", meint er schüchtern.

„Du bist gut!", rufen Karl und Hans fast gleichzeitig erstaunt. „Wieso hast du das nicht Katharina auch schon gezeigt?"

„Ich weiß ja nicht, ob es funktioniert. Aber wie ich Kati da so hängen sah, ist es mir vergangen und ich probiere das einfach."

Flugs hängt sich Stefan mit den Füßen oben ein und nimmt dann kopfüber die Schlaufe in die Hände. Er kommt erstaunlich leicht ein Stückchen weiter, unterbricht seinen Versuch und springt vor dem Bach auf den Boden zurück. „Es gibt nur ein Problem …", meint er, ein bisschen schwerer atmend von der Anstrengung. „Es geht zwar leichter, ich habe aber nur diese eine Schlaufe."

„Du bist vielleicht ein Freund!", ruft Katharina von der anderen Seite lautstark herüber. „Wieso kommst du nicht weiter? Schaut doch gut aus!"

„Ich komme gleich! Muss hier nur noch etwas besprechen", schreit er zurück. „Hans und Karl, wie soll ich euch den Strick zukommen lassen?"

„Gar nicht", antwortet Hans. „Ich hole einfach zwei von uns daheim. Bis du drüben bist, bin ich wieder da. Eine super Idee!"

Hans macht sich sofort auf den Weg und kann dadurch die einfach aussehende Überquerung von Stefan nicht mitverfolgen. Kurze Zeit später wieder bei Karl eingetroffen, nimmt ihm dieser sofort eines der zwei Strickteile ab und macht es Stefan nach, auf die andere Seite zu kommen.

Hans erreicht ebenfalls ohne große Mühen die drei Wartenden und nach einer kurzen Beratung brechen sie, dem Bachrand folgend, Richtung See auf. Auf dieser Seite, zum Berg hin, sind scheinbar weniger Bäume dem starken Sturm zum Opfer gefallen als gegenüber. Katharina und Stefan bekunden dies, sie haben einen Vergleich von ihrer selbst durchgeführten Tour. Allerdings ist es noch ein Stückchen bis zur Hochwasserrückstaustelle, wo sie dann zur anderen Gebirgseingrenzung ausgewichen sind.

Tatsächlich kann die Gruppe die ganze Zeit ohne nennenswerte Hindernisse am Boden relativ leicht vorankommen. Sie bewegen sich ein paar Meter höher als der morastige Schlamm am Bachrand, an nicht sehr dicht gewachsenen Büschen vorbei, haben aber keinen freien Blick auf die Landschaft vor ihnen. Das Wasser neben ihnen rauscht dahin. Schon seltsam, wenn man bedenkt, dass noch vor Kurzem hier gar keines geronnen ist. Üblicherweise ist ungefähr ab ihrer Überquerungsstelle bei den Seilen auch bei stärkerem Regen meistens alles bereits versickert, ein unterirdischer Zufluss zum See muss vorhanden sein, wahrscheinlich ist ein felsiger Untergrund die Ursache.

Da das Schotterbett vor den starken Regenfällen hier niedriger als weiter hinten war – schön geschliffene Steine, von der Sonne gebleicht, strahlend weiß, beinahe schon kitschig leuchtend –, haben die Wassermassen einen neuen Weg gefunden und einiges an Material mitgerissen, wie unschwer an den ausgefransten Rändern zu erkennen ist. Kein Leuchten mehr, alles verschmutzt mit angeschwemmtem Sand und Erdresten. Auf einem halb weggespülten Hügel, zirka zehn Meter höher als der Bachrand links von ihnen, kann man den Bachverlauf gut verfolgen und in einiger Entfernung sind Teile der weggerissenen Brücke und die nicht mehr vorhandene Straße im Bild. Ganze Waldstücke sind dort entwurzelt und liegen quer, teilweise übereinander gewirbelt, in die ehemalige Windrichtung.

„Dort sind wir nicht mehr weiter gekommen und auf die andere Seite gewechselt." Stefan zeigt in Richtung der Sturmschäden. „Wir waren auf dem Felsen dort drüben und haben alles relativ gut überblicken können. Die zwei Häuser im Wasser und …"

„Wie weit ist der See ausgetreten?", unterbricht ihn Karl.

„Wie ich schon sagte, von dort eine gerade Linie ungefähr. Was meinst du, Katharina?"

„Von der anderen Seite schaut alles ein bisschen anders aus. Die Straße war im Wasser. Ich würde meinen, einen halben Meter höher. Die Badewiese gab es nicht mehr. So ganz genau habe ich mir das nicht eingeprägt. Wieso fragst du mich das? Du hast neben mir gestanden."

„Ist ja nur zur Absicherung. Sei doch nicht gleich so schnippisch!" Stefan reagiert ein bisschen verärgert, wird aber gleich wieder von Karl abgelenkt, der weiter wissen will: „Kann man zu den Häusern trocken hingelangen?"

„Du fragst Sachen … Wir müssen ja sowieso dort hin. Warum gehen wir nicht einfach?"

„Bist du jetzt sauer?", besänftigt Katharina und schüttelt Stefans Arm. Dabei lacht sie so niedlich, dass ihm ebenfalls ein Grinsen im Gesicht steht und er gleich wieder freundlicher wirkt.

Als Letzter ein Stück hinter ihnen alleine nachgewandert und soeben angekommen, meldet sich jetzt auch Hans zu Wort und zeigt zu den Brückenresten: „Das schaut ja wild aus! Da ist keine Verbindung mit der Straße mehr. Ein schöner Schaden!"

„Kann man wohl sagen", bestätigt Karl und deutet weiter rechts in die Waldreihe. „Was meint ihr? Wir gehen nicht zur Straße, die beiden sagen, dass dort bereits alles unter Wasser steht, sondern da hinauf und dann schräg zu den Häusern am Seeufer. Oder so weit wir hin können."

„Natürlich, ist mir recht", antwortet ihm Hans als Einziger.

Stefan sagt irgendetwas Unverständliches zu Katharina, die laut lachen muss und sich dabei bei Karl anhält.

„Was ist mit euch?" Karl schmunzelt ebenfalls, von der Heiterkeit angesteckt, und meint weiter: „Oder wollt ihr eine Pause machen?"

„Doch nicht jetzt schon! Wir sind erst eine Stunde unterwegs." Mit einem Blick auf seine Uhr und anschließendem Weiterwinken gibt Hans unmissverständlich ein Zeichen zum Aufbruch und geht diesmal als Erster in die angepeilte Richtung. Karl schaut zu Katharina und Stefan, schüttelt seinen Kopf, seufzt ergeben und folgt dem neuen Gruppenführer.

Eine halbe Stunde, dann sollte der höher gelegene Straßenrand mit einem möglichen Blick auf die zwei Häuser erreicht sein und vielleicht endlich einmal ein Kontakt mit anderen Leuten stattfinden. Es ist zu hoffen …

„Horcht, was ist das?" Katharina ist stehen geblieben und hält Karl, der vor ihr ist, abrupt zurück. Stefan hinter ihr läuft auf und murmelt etwas Ärgerliches. Hans, vor ihnen, winkt aufgeregt zurück und bedeutet ihnen, näher zu kommen. Die letzten Meter waren durch umgestürzte Baumteile schwieriger zu bewältigen. Sie sind knapp vor der Straße, die teilweise von hier aus schon zu erkennen ist, und daher nicht mehr weit zu einer freieren Sichtstelle auf den See.

„Was ist das für ein Geräusch?"

Knattern von rechts dringt aus der Ferne durch die Baumwipfel. Ein mehrfaches Knallen und Schlagen.

„Das sind Motoren! Hubschrauber!", ruft Stefan aufgeregt und hüpft in die Höhe, um mehr zu sehen.

Katharina schaut Karl verdattert an und stottert ebenfalls: „Hubschrauber?"

„Hört ihr es auch, das Knattern?", schreit ihnen Hans aufgescheucht entgegen. „Kommt endlich zu mir! Ich sehe die Häuser, aber sonst nichts. Die Geräusche sind eindeutig hinter dem Hügel in Richtung Gemeinde. Dort müssen Bewegungen sein. Am Himmel ist von hier aus nichts zu sehen."

„Mein Gott, endlich ein Lebenszeichen!", flüstert Karl ergriffen. Der Rotorschall vermehrt sich und geht in ein echoähnliches Geräusch über. Es müssen mehrere Fluggeräte sein. „Kommt, laufen wir zu Hans!"

Von dort sind die zwei Häuser zu sehen, die scheinbar unbewohnt noch zum Teil in der gefluteten Wiese stehen. Bei einem ist der halbe Dachstuhl abgetragen und ausgerissene Balken hängen seitlich an der Mauer herab. Ein paar Bäume sind im flacheren Wasser hängen geblieben. Links ist, wie schon von der anderen Seite beobachtet, ein großer Waldteil entwurzelt und liegt kreuz und quer über die Straßen- und Brückenreste. Der Bach hat eine Schneise gegraben, die Spuren sind deutlich zu erkennen. Dies alles ist jetzt jedoch zweitrangig, alle Aufmerksamkeit gilt den knallenden Geräuschen aus rechter Richtung.

„Endlich, ich glaube es nicht!", ruft Hans aufgelöst mit Flecken im Gesicht. Die Aufregung ist ihm deutlich anzumerken. „Eindeutig Zivilisationsgeräusche!"

Karl schaut fassungslos in den Himmel. Katharina und Stefan haben sich bei der Hand genommen und lauschen ebenfalls den dumpfen Tönen.

„Auf jeden Fall hinter dem Berg! Dort ist die Gemeinde. Die Geräusche waren plötzlich da. Das ist soeben passiert." Hans verhaspelt sich beinahe und alle blicken in die Richtung der angenehmen Verheißung. So sehr sie es sich wünschen, am Himmel ist weiter nichts zu sehen, aber die typischen Rotorgeräusche werden langsam etwas leiser. Möglicherweise werden die Fluggeräte vom Wald oder anderen Widerständen verdeckt? Vielleicht ein Landeversuch nacheinander? Auf jeden Fall wird der verschieden starke Motorenlärm weniger intensiv und laut empfunden. Sie schauen sich in die Augen und Karl sagt das, was alle meinen: „Wir müssen dort hin! Unser Tal ist auch noch da!"

„Das sind doch Hubschrauber?" Katharina braucht Gewissheit, verhaspelt sich beinahe, setzt aber, ohne auf Antwort zu warten, aufgeregt ihre Frage fort: „Wir müssen zu uns nach Hause! Die warten alle auf so eine Nachricht!"

„Meinst du, jetzt gleich oder ein bisschen später?" Stefan deutet in Richtung der immer leiser werdenden Motorengeräusche. „Es hört sich so an, als ob mehrere Maschinen nacheinander landen. Vielleicht sind Rettungsmannschaften gerade jetzt in dieser Region eingetroffen?"

„Glaubst du das?" Karl schüttelt seinen Kopf und möchte die langsam verklingende Geräuschkulisse am Leben halten. Ein einzelner Rotor hallt allmählich aus und dann ist es wieder still rund um die vier Personen.

„Uns gibt es doch auch noch! Der Ort und die paar Häuser!" Katharina murmelt das enttäuscht.

Hans neben ihr gibt sich einen Ruck und sagt mir fester Stimme: „Passt auf, über kurz oder lang sind wir auch dran, ganz gewiss! Das sind Hilfstruppen, möglicherweise Bundesheer. Ich bin mir sicher. Was soll es sonst sein?" Er geht unruhig auf und ab und fährt fort: „Wie lange brauchen wir zu der Gemeinde hinter dem Hügel? Oder ist es sinnvoller, wie Kati meint, sofort zurückzugehen?"

Karl fühlt sich angesprochen und antwortet ein bisschen hektisch gestikulierend: „Ich bin für schnelles Weitergehen! Die Leute von diesen Häusern da unten sind nicht in unsere Richtung gekommen, sondern woanders hin geflüchtet. Sie werden in dem Ort sein, oder?"

„Oder sie liegen noch in den Räumen!" Stefans Zwischenruf erschreckt und lässt alle Blicke auf ihm ruhen.

„Ich bitte dich, das glaube ich nicht!" Katharina nimmt seinen Arm und schaut Hilfe suchend im Kreis herum. Sie will Gewissheit und meint weiter: „Kann jemand von uns nachschauen gehen?"

„Wer soll dieser Jemand sein?" Hans beendet sein Herumgehen, findet einen größeren Stein und lässt sich darauf nieder. Die Füße von sich gestreckt, wiederholt er noch einmal: „Wer soll dieser Jemand sein? Das Wasser reicht sicherlich bis zu den Knien und ändern könnten wir auch nichts mehr. Mir erscheinen die Helikopter wichtiger. Ich meine, Karl hat Recht. Hinter den Hügel sind es vielleicht noch zwei, drei Stunden und dann hätten wir etwas in der Hand."

„Und wir könnten schneller auf unsere Situation aufmerksam machen beziehungsweise auf die in unserem Ort vorne. Brechen wir also auf und lassen uns überraschen!" Karl bedeutet Hans, aufzustehen, schaut kurz auf Katharina und Stefan und sagt nur noch: „Los, kommt!"

Eine Stunde seit der aufregenden Unterbrechung sind sie mittlerweile unterwegs und haben den Seeanfang erreicht. Die höher gelegene Straße war teilweise überraschend gut begehbar, nicht überall sind zerborstene Stämme ein Hindernis gewesen und die Vorfreude auf das zu Erwartende hat ihre Schritte beflügelt.

Die ganze Zeit dreht sich ihre Unterhaltung nur um ein Thema: die Motorengeräusche und die möglichen Verursacher.

Zwei Mal erlaubte unterwegs ein Blick auf den See, die katastrophalen Zerstörungen in der Landschaft zu sehen. Vom steilen Bergrand gegenüber muss teilweise der ganze obere Wald in den See gestürzt sein und hat sich beim Abfluss gestaut. Jetzt ist der Grund des höheren Wasserspiegels erklärbar.

„Ihr mit euren großen Latschen tut euch leicht! Ich kann jetzt nicht mehr!" Katharina bleibt einfach stehen. „Ihr mögt von mir aus noch schneller dort hinwollen. Auf mich müsst ihr nun aber warten. Außerdem habe ich Hunger!", stampft sie noch mit ihren Füßen auf.

„Unser Baby kann nicht mehr", spöttelt Karl, meint aber gleich danach: „Also gut, machen wir eine Pause! Uns läuft jetzt nichts mehr davon. Ich kann auch etwas vertragen."

Stefan sagt gar nichts, sondern sitzt schon auf einem quer liegenden Stamm, Hans neben ihm kramt bereits in seinem Rucksack. Jetzt erst verspüren plötzlich alle Durst und Hunger und sind Katharina für die entstehende Unterbrechung dankbar.

„Habt ihr jeder etwas zu trinken?" Karl zeigt auf seine Mineralwasserflasche. „Ich habe zwei davon mit."

„Danke", ertönen drei Stimmen fast gleichzeitig.

Plötzlich, im selben Augenblick, dringt noch ein Ton in den Vordergrund, der alle aufspringen lässt. Zuerst gelangt ein langsam immer schneller werdendes Startgeräusch an ihre Ohren, gleich gefolgt von einem zweiten Helikopter, der ebenfalls seine Maschine hochfährt.

„Siehst du etwas?", schreit Karl beunruhigt zu Hans, der bei der Straßenlichtung nach oben schaut.

„Nichts, mir sind die Bäume im Weg."

Der Lärm wird immer lauter. Es sind eindeutig Hubschrauber, die starten und höher steigen. Die typisch knallende Luftverdrängung verstärkt sich. Die Maschinen kommen in ihre Richtung.

„Noch immer nichts?"

„Doch jetzt! Da!"

Zwischen den Baumstämmen und dem restlichen vorhandenen Laub teilweise sichtbar fliegen zwei Militärhubschrauber mit typisch dunkler Farbe über ihre Köpfe hinweg und nehmen Kurs Richtung Siedlung oder Ort. Heftiges Schreien und Winken hilft nichts. Sie sind so ungünstig positioniert, von oben sicherlich kaum zu sehen.

„Einer hatte ein rotes Kreuz, habt ihr das erkannt?", ruft Stefan den Fliegern nach.

Karl muss heftig lachen und schreit als Antwort: „Jetzt sind unsere Häuser an der Reihe und wir Deppen stehen hier im Wald! Lasst uns nun doch zurückgehen! Ich glaube, zu Hause ist es interessanter als hier."

9
....

„Melanie, hilfst du mir?" Durch die zerbrochenen Wintergartenscheiben begutachte ich vom Garten aus den zerstörerischen Baumteil. Die Couch ist kaputt und die Rattansessel ebenfalls. Einzig der kleine Tisch ist komischerweise ganz geblieben. Auch der Boden hat einiges abbekommen vom Wasser und vom Stamm, da werden wir wohl alles erneuern müssen.

„Was willst du machen?", antwortet sie mir durch die geöffnete Terrassentür aus dem Wohnzimmer.

„Der Teichverbau schaut nicht gut aus. Vielleicht können wir den Baum endlich ein Stück aus unserem Grund zerren, damit ich mehr sehen kann?"

„Du kannst auch keine Ruhe geben! Ich zieh mir nur schnell eine alte Hose an, komme gleich!"

Wahrscheinlich hat Karl Recht und zum Zerstückeln muss ich warten, bis er zurückkommt. Der Baum wird sich spießen, aber versuchen können wir es ja einmal. Mich ärgert dieser Anblick allmählich.

„Hallo, was suchst du?", ertönt eine Stimme hinter mir. Andy und Michaela halten sich bei einem umgestürzten Zaunteil an und schauen mir interessiert bei meiner gebückten Haltung zu. Sie scheinen aufbruchbereit, ihre Kinder zu holen.

„Der Teich da hat einiges abbekommen. Das wird viel Arbeit für dich, irgendwann einmal", antworte ich überrascht, erhebe mich ächzend und begrüße die beiden. „Das war vielleicht eine Nacht! Und jetzt das!" Ich deute in den Himmel.

„Kann man wohl sagen", antwortet Andy lachend. „Aber uns ist das heute recht. Wir werden die Kinder holen. Sind am Nachmittag dann wieder hier. Wie lange sind die drei schon weg? Oder sind sie noch da?"

„Du meinst, die vier …" Ich schaue auf meine Uhr. „Ein bisschen mehr als eine Stunde. Noch nicht sehr lange."

„Hoffentlich bekommen wir endlich irgendetwas Positives zu hören", meint Andy weiter und zeigt anschließend auf die Nachbarhäuser. „Was ist mit Gisela, Roswitha und Hannes? Schlafen die noch?"

„Keine Ahnung. Karl und Stefan hatten gefrühstückt. Die werden einfach einmal ihre Ruhe haben wollen. Wieso fragst du?"

„Ach, nur so."

„Wo ist eigentlich Melanie?", meldet sich jetzt Michaela zu Wort.

„Ich bin schon da! Hallo!" Über die zerborstenen Glasscheibenreste kommt die Gewünschte vorsichtig beim Baumrest vorbei ins Freie und nimmt Michaela freudig in die Arme. „So eine Zitterei gestern Abend wieder! Meine Nerven sind nicht mehr die besten."

„Unsere auch nicht, aber die Männer waren gestern tapfer." Michaela streichelt Andy dabei lächelnd über seine Hand, die sich beim Zaunpfahl anhält.

„Du bist so gut zu mir", gibt dieser einen angedeuteten Kuss und lächelt uns danach viel sagend zu.

„Wenn ihr schon da seid …", unterbreche ich sein Geturtel, „… dann könnt ihr mir helfen, den Stamm zu entfernen. Vielleicht können wir zu viert das Ding hinauszerren?"

„Ich scheine mich anstrengen und schmutzig machen zu müssen", antwortet Andy scherzhaft, er ist aber als Erster beim Stamm und rüttelt daran.

Mit mehrfachem „Hau ruck!" wollen wir den Baum bewegen. Es gelingt leider nicht und nach einigen Versuchen wird das Ansinnen aufgegeben. Durch den Lärm aufgescheucht, sind Gisela, Hannes und auch Roswitha auf ihren Balkonen erschienen und feuern uns spaßeshalber an. Wir alle sind mittlerweile schon eine eingeschworene Truppe.

„Braucht ihr uns auch noch?", schreit Hannes zu uns herunter.

„Nein, bleibt oben! Das hat keinen Sinn", antworte ich außer Atem. „Ich werde auf Karl warten. Mit der Säge wird sein Ende kommen." Ein Fußtritt bekräftigt mein Anliegen.

„Und wir werden jetzt verschwinden", meint Andy und schaut auf seine schmutzigen Hände.

„Du kannst dich drinnen waschen. Was habt ihr vor?"

„Wir holen unsere Kinder. Außerdem werde ich Heinrich über unsere Pläne informieren und mit dem Ort ein Kontaktsystem ausmachen. Das gibt es doch nicht, dass da keine ständige Verbindung möglich ist! Michaela, ich komme gleich wieder." Andy nickt seiner Frau zu und nimmt das Angebot der Seifenbenutzung an. Er verschwindet langsam im Inneren des Hauses und wir warten stumm auf sein Wiedererscheinen.

Mein Gott, schaut diese Wiese aus! Nicht wiederzuerkennen! Dieses Nichtstun erstmals seit wie vielen Tagen? Vier, fünf? Ich habe keinen Zeitbegriff mehr. Jetzt kommen die grüblerischen Gedanken. Die Arbeit, die Eltern, alles so nah und doch so weit. Die werden sich genauso Sorgen machen wie ich jetzt gerade. Hoffentlich geht es allen gut. Wer weiß, was in der Stadt los ist? Von was sollen wir leben ohne Geschäft? Wenn nicht bald irgendjemand auftaucht, muss ich einen Weg finden, endlich mehr zu erfahren. Ein paar Leute vom Ort und …
„Wie wird es unserer Tochter gehen?" Melanie hat sich auch einen Sessel in den Wintergarten gestellt. Die Sonne wärmt durch die restlichen Scheiben angenehm und sie unterbricht mit dieser Frage meine Gedanken. Michaela und Andy sind schon einige Zeit weg. Wir haben ihnen bis zum Verschwinden am Wiesenende nachgeschaut und es uns dann hier gemütlich gemacht.

„Hoffentlich gut und hoffentlich kommen sie mit interessanten Neuigkeiten zurück. Wir müssen irgendetwas tun! Der Kontakt zu deinen Eltern und meinen. Ich habe gerade daran gedacht."

„Was sollen wir tun? In so einem Talende ist man tatsächlich abgeschnitten, wie man jetzt sieht."

„Gut, das sind aber auch keine normalen Verhältnisse. Da wären wir woanders auch abgeschnitten."

„Wenn wir in der Stadt geblieben wären, dann wüssten wir jetzt mehr und …"

„Wenn, wenn! Wenn wir in der Stadt geblieben wären, dann wüssten wir von hier nichts. Und *Wenns* nützen nichts. Sei froh, dass wir noch leben!" Kopfschüttelnd schaue ich meine Frau an.

Sie scheint auch keine angenehmen Gedanken gehabt zu haben. „Komm!", nehme ich sie in die Arme. „Nimm es so, wie es ist. Es kommen sicher wieder bessere Zeiten."

Sie rekelt sich an mich und seufzt: „Hoffentlich hast du Recht. Ich glaube Hunger zu haben und müde bin ich auch. Essen wir unsere harten Brotreste?"

„Aber hier draußen. Wenn du mir ein paar Stückchen mitbringst, bin ich dir dankbar."

Sie hat ja Recht. Wenn wir in der Stadt geblieben wären, dann wüssten wir jetzt über unseren Arbeitsplatz mehr. Hier ist eigentlich nicht viel passiert. Wie man's nimmt … Einige Nachbarn sind nicht mehr gekommen, wahrscheinlich ist eine Anreise einfach nicht möglich. Wenn die irgendwann einmal eintreffen, werden sie die Tatsachen hinnehmen und keiner denkt über die Ereignisse nach. Bei den unteren Häusern wird Wasser in den Kellern sein und bei uns daneben ist wahrscheinlich gar nichts passiert oder wenig. Eigentlich kann …

„Hier! Allmählich wird es mühsam." Melanie ist wieder hier und reicht mir zwei Brotstückchen und eine Hartwurst. Dabei setzt sie sich wieder auf ihren Platz. „Lange haben wir nichts Vernünftiges mehr zum Essen. Ich sehe schwarz."

„Du hast scheinbar keinen guten Tag heute. Etwas zu trinken fehlt. Warte, ich hole Wasser!"

Keine Minute später lasse ich mich mit zwei Gläsern in der Hand wieder auf meinen Sessel sinken, als plötzlich ein Geräusch unsere Aufmerksamkeit beansprucht. Aus dem Hintergrund dringt noch leise, aber schnell lauter werdend, ein lange herbeigesehnter Ton zu uns. Wir erkennen sofort Hubschrauberrotoren, die sich offensichtlich mit den dazugehörenden Flugkörpern nähern.

Melanie schaut mich mit großen Augen an. Die Wassergläser fallen beim Hinstellen um und wir springen ohne Worte ins Freie. Vorne beim nicht mehr vorhandenen Carport angekommen, sehen wir in der Ferne zwei tief fliegende Hubschrauber parallel zueinander auf uns zu fliegen.

„Mein Gott, Erich, das sind Helikopter!", ruft Melanie entzückt und deutet mit einem Arm in Richtung der Punkte.

Von dem Lärm aufgeschreckt, kommen fast gleichzeitig auch Roswitha neben uns und Gisela mit Hannes, eine Tür daneben, heraus. Sie schauen genauso fassungslos wie wir in den Himmel.

Die lang ersehnte Kontaktaufnahme! Endlich! Also steht die Welt noch. Bald werden wir mehr wissen.

Die beiden Transporthubschrauber mit bullig wirkendem Äußeren nähern sich mit nach unten gesenkter Schnauze relativ rasch. Dabei ist der Motorenlärm, bedingt durch die geringe Flughöhe, ohrenbetäubend. Irgendwie erinnert mich das Bild an einen amerikanischen Kriegsfilm, ich sehe im Geiste die Aufnahmen der Maschinen, wie sie über den Dschungel fliegen, mit imposanter Musikbegleitung.

Die Flugzeuge heben ihren Vorderteil und werden langsamer. Wahrscheinlich haben uns die Piloten entdeckt. Unser Schreien werden sie nicht hören, eher sehen sie unser Winken, oder der Flugplan sieht sowieso unsere Siedlung als Haltepunkt vor. Auf jeden Fall schweben die zwei Maschinen nach kurzer Zeit direkt über unsere Köpfe. Der nach unten gewirbelte Luftstrom lässt mich sofort wieder an die Sturmerlebnisse in der vergangenen Nacht denken und wir laufen schutzsuchend auf die andere Hausseite.

„Was meint ihr, werden die landen?", schreie ich, den Lärm übertönend, zu den anderen. „Ob Karl mit seiner Gruppe eine Begegnung hatte?"

Eine mögliche Antwort kommt mir nicht zu Ohren, denn einer der Hubschrauber steigt mit mehr Motorleistung höher und beschleunigt von uns weg mit lautem Getöse. Sein Ziel kann eigentlich nur der Ort vor uns sein. Das andere Fluggerät schwebt langsam hin und her. Der Pilot sucht scheinbar einen passenden Landeplatz. Ein Stückchen vor unseren Gärten, an einer von den Sturmschäden relativ freien Stelle in der Wiese scheint er fündig geworden zu sein. Bedächtig sinkt die Militärmaschine, um eine solche handelt es sich, das ist auch für Laien erkennbar, unter enormer Luftverwirbelung Richtung Boden. In der Kanzel sind drei Köpfe mit Helm und Kopfhörern sichtbar. Möglicherweise befinden sich auch noch mehrere Personen innerhalb der großen Ladefläche, die dieser Flugzeugtyp besitzt.

„Erich, jetzt werden wir gleich wissen, was eigentlich passiert ist!", flüstert mir Melanie seltsam persönlich zu. Dabei hält sie meine Hand umklammert, ihre Haare wehen im Wind. Auch Roswitha, Gisela und Hannes verfolgen näher zusammengerückt das weitere Geschehen ohne Worte. Eine erwartungsvolle Spannung liegt in der Luft.

Mit einem leichten Ruck landet der Hubschrauber und sofort schwingen die Rotoren im Leerlauf aus. Wir fünf sind bis zu unseren teilweise umgeworfenen Zäunen ins Freie getreten und harren der Dinge.

Seltsam. Genau hier habe ich vor ein paar Tagen den Kometen hinter dem Berg verschwinden sehen. Und jetzt stehe ich wieder da.

Die vordere Glasfläche öffnet sich, ein Mann klettert heraus und gibt seinen Helm einer Person noch im Inneren der Kanzel. Er schaut zu uns her, winkt, sagt noch ein paar Worte zu seinen Begleitern und kommt anschließend in gebückter Haltung in unsere Richtung.

Wieder aufgerichtet ruft er uns beim Näherkommen zu: „Es tut uns leid. Wir konnten nicht früher kommen!"

Tagebuch: Tag 6

Endlich! Endlich ist eine Katastrophenhilfe eingetroffen! Ich werde das Tagebuch heute beenden. Diese Eintragungen noch und dann nichts mehr.

Bei der Marktgemeinde vor dem See sind gegen Mittag fünf Transporthubschrauber des Österreichischen Bundesheers als Soforthilfemaßnahme eingetroffen. Die Straße konnte bis jetzt nicht befahrbar gemacht werden, das wird noch länger dauern. Zwei der Flugzeuge sind zu uns und bis zum Talende weitergeflogen. Man wird morgen bei unserer großen Wiese ein Zeltlager errichten und Pioniere werden bei Aufräumarbeiten unterstützend mitwirken.

Wie vermutet, sind in einem Radius von ungefähr 200 Kilometern die nachhaltigsten Schäden – hauptsächlich durch den starken Sturm – eingetreten.

Melanie und ich bekommen morgen eine Mitfluggelegenheit, wahrscheinlich wird Katharina auch mitwollen. Wir können in die Stadt, die, wie man uns sagte, einiges abbekommen hat, aber allmählich wieder funktionsfähig wird. Viel Zeit, um Genaueres zu erfahren, war heute noch nicht. Morgen kommen viele Menschen.

Die beiden Schwerverletzten vom Ort, deren Gesundheitszustand sich erfreulicherweise nach unserem Verlassen nicht verschlechtert hat, wurden ausgeflogen und nebenbei Andy mit seiner Familie eingeflogen. Ich muss immer noch lachen, wenn ich an das Gesicht von Karl denke, der zur selben Zeit mit seinen Leuten wieder bei uns eintraf, als Andy aus der Maschine ausgestiegen ist.

Das „Fresspaket", welches man uns überreichte, werde ich mir nach diesen Zeilen munden lassen. Ich freue mich schon auf ein bisschen sorgenfreieres Essen. In gewisser Weise ist ein Ballast von uns abgefallen, auch wenn noch vieles unklar ist.

Aber jetzt noch ein paar Sätze von den Tagesereignissen:

In der Nacht wieder ein relativ starker Sturm. Andys Dach hat Hilfe benötigt. Ohne unser Zutun wären die beiden wahrscheinlich abgedeckt worden. Das Wetter ist nicht mehr normal. Regen, Sturm, Regen, Sonne, beinahe jeder Tag anders.

Katharina, Stefan, Hans und Karl kletterten tatsächlich über den Bach und sind bis zum Seeanfang vorangekommen. Dann haben sie die Hubschrauber zur Umkehr bewogen. Wir haben vergessen, über den Zustand der Marktgemeinde nachzufragen. Werden das morgen nachholen.

Werden sehen, was die nächsten Tage bringen. Hoffentlich ist alles halbwegs gut in der Familie. Ein paar Angstgefühle und die Ungewissheit, was alles noch kommt, sind schon vorhanden. Aber die Freude, nicht völlig vergessen worden zu sein, überwiegt momentan mehr.

Vier Wochen später.

Ich sitze wieder einmal in meinem Wintergarten, der zwar noch ohne Gläser, aber sonst so halbwegs aufgeräumt ist, und schaue auf die vor dem wieder aufgerichteten und provisorisch reparierten Zaun befindliche Wiese. Die Kraft, die sonst von diesem Bild ausgeht, fehlt noch. Wir haben zu viel erlebt.

Gestern wurde das große Zeltlager, in dem und um welches die ganze Zeit seit seinem Aufbau ein Kommen und Gehen verschiedenster Bautrupps herrschte, abtransportiert. Die Straße ist nun wieder bis zum Talende befahrbar.

Seit gut einer Woche haben wir auch wieder Strom, jetzt erst sind die technischen Hilfsmittel bewusster im Einsatz.

Wie vereinbart, sind Melanie, Katharina und ich am Tag nach der Ankunft der Hilfskräfte mit einem Hubschrauber mitgenommen worden und erhielten beim Flug in die Stadt einen guten Überblick über die landschaftlichen Veränderungen. Kein Dorf und keine Siedlung an der Straße entlang sind ohne mehr oder weniger starke Beschädigungen geblieben. Vermurungen und entwurzelte Bäume säumten die Flugroute. Überall waren Aufräumarbeiten im Gange. Unser Talrand musste einfach später aufgesucht werden.

Gott sei Dank ist die Stadt relativ glimpflich davongekommen. In der Familie hatte sich niemand verletzt. Die Sorge, was mit uns passiert ist, war bei ihnen untereinander viel ausgeprägter. Das Geschäft blieb einfach geschlossen. Zum Einkaufen fehlte die Lust und die Notwendigkeit bei unserem Angebot. Die Leute haben andere Prioritäten gesetzt.

Abgetragene Dächer, kein Strom, Verwüstungen auf den Straßen und der komplette Ausfall des gewohnten öffentlichen Lebens für einige Tage waren die Folgen des Einschlages in der Stadt und den angrenzenden Gebieten. Die älteren Bewohner glaubten sich rückversetzt in die Folgen von Bombenangriffen aus der Kriegszeit.

Drei Mal sind wir in der vergangenen Zeit so hin und her geflogen. Katharina blieb beim ersten Mal gleich bei ihrem Freund und ist seitdem nicht mehr zu uns aufs Land zurückgekommen.

So nach und nach erfuhren wir auch Näheres von der Einschlagsgegend.

Ungefähr 100 Meter war der Rest des Kometen noch groß, der die Erde traf. Es reichte, um München sehr stark zu beschädigen. Wenn wir einmal in diese Gegend fahren, wird das Bild dieser Stadt nicht mehr wie in unserer Erinnerung sein.

Leider brachten Grabungsarbeiten bei unserem ehemaligen Landgasthaus die Gewissheit, dass neben dem Besitzerehepaar auch noch eine Gastfamilie keine Chance hatte und ums Leben kam.

Heute in der Früh sind bei uns die restlichen nicht bewohnten Häuser von ihren Besitzern wieder aufgesucht worden. Die Beschädigungen waren für die nicht dabei Gewesenen schon eher eine schockierende Überraschung. Ab jetzt können Handwerker aber alle unangenehmen bildlichen Erinnerungen mit der Zeit vergessen machen und die baulichen Unpässlichkeiten langsam verschwinden lassen. Die, die gemeinsam die Sache ausgestanden haben, sind noch mehr befreundet als vorher. Im Nachhinein das einzige angenehme Überbleibsel aus den vergangenen Tagen ...

Mittlerweile wurde die Erzählung teilweise von der Realität eingeholt. Die Stürme *Kyrill* und *Emma* haben in der Region beträchtliche Schäden und tagelangen Stromausfall verursacht.
Ein Déjà-vu-Erlebnis.

www.aberti.at